鬼滅之刃
幸福之花

吾峠呼世晴
矢島綾

人物介紹

竈門炭治郎

一心想救妹妹、替家人報仇的善良少年。能夠分辨鬼及對手要害所散發出的「味道」。

竈門禰豆子

炭治郎的妹妹。遭到鬼攻擊，結果變成了鬼，但是她跟其他鬼不同，會為了保護仍舊是人類的炭治郎而行動。

前情提要

時值大正年間——
一千多年來，起源之鬼．
鬼舞辻無慘不斷繁殖惡鬼，
人們慘遭捕食，
幸福的生活面臨嚴重威脅。
由於製造出鬼舞辻這頭怪物，
產屋敷一族世代受到詛咒，
為了贖罪，他們傾注所有心血，
誓死打倒罪魁禍首鬼舞辻。
日後被稱為鬼殺隊的他們——
獵鬼人手持名為日輪刀的刀，
憑著血肉之軀對抗惡鬼。
與擁有驚人回復力的鬼不同，
身為人類的他們會受傷，
甚至失去手腳……
即使如此，
他們仍然勇於挑戰惡鬼。
一切都是為了保護人類。

我妻善逸
炭治郎的同期生。
平常很膽小，一旦睡著
就能發揮原本的實力。
嘴平伊之助
炭治郎的同期生。
身上披著豬的毛皮，
個性相當好戰。
栗花落加奈央
阿忍的『繼子』。
沉默寡言，不擅長
凡事都自己來做決定。
神崎葵
鬼殺隊隊士。
在蝴蝶屋負責隊士的
治療與訓練。
胡蝶忍
鬼殺隊的「柱」之一。
精通藥學，
會製作毒藥來殺鬼的劍士。

鬼滅之刃

幸福之花

目次

第1話

幸福之花

清凜美麗的黑底振袖和服，想必能完美襯托妹妹白皙的肌膚吧。
看到華美的金絲腰帶，勞碌命的妹妹或許會皺著眉頭說：『太奢侈了。』
梳成※文金高島田髮型的黑髮底下，妹妹是否流下了淚水呢……？（編註：日本傳統婚禮上，新娘最具代表性的一種髮型。）
那眼淚充滿喜悅，而非出自悲傷。
我的妹妹比誰都溫柔。
就算變成了鬼，我的妹妹仍然未曾捨棄身為人類時的溫情。
但願妳過得比任何人都要幸福——

✵

「——賀詞嗎？」

「是……適逢喜事，村裡的女孩要出嫁了。」

這麼說完，阿久把原本細小的雙眼瞇得如線一般細。

紫藤花形狀的家紋，是對鬼殺隊無償奉獻的證明。

據說掛上這個家紋的家族，為了感念隊士擊敗惡鬼的恩情，便以這種形式報恩。因此，出任務受傷的隊士，總是在四處尋找紫藤花家紋。

阿久家也是其中之一。

炭治郎、善逸、伊之助以及禰豆子等四人在此逗留，療養出任務時的負傷——至今剛好是整整十天。

不過身為鬼的禰豆子白天都在以『霧雲杉』製成的箱中睡覺，所以和家族成員碰面的主要是其他三個人……

運用了大量山珍的料理、蓬鬆的被褥、輕柔的和服等等，多虧種種細心款待，三人不約而同折斷的肋骨也癒合了不少。

「男方是距離這裡最近的鄰村村長家。」
「那真是恭喜他們了。」
炭治郎由衷地祝賀新人。
阿久微微一笑說：「不介意的話，想請獵鬼人大人們也一起獻上祝福……」
「咦？我們嗎？」
「當然，前提是各位的身體狀況允許……請千萬不要勉強。」
「不，身體已經不要緊了。不過我們真的可以出席嗎？」
炭治郎有所顧慮地說道，然而阿久搖了搖鬢白的頭。
阿久表示，今晚大家將在此處致上微薄祝福，隔天中午則會送新娘出閣前往鄰村，在對方家裡舉行盛大的婚禮。
新娘長得如花似月，男方明顯是衝著她的姿色而來，不過難得有此良緣，村裡的人也相當興奮。
「若能得到獵鬼人大人們的祝福……大家也會很開心的。」
「既然如此，我們就恭敬不如從命了。對吧？善逸？伊之助？」
炭治郎轉頭問道。

「嗯，當然——不，這是應該的。祝賀又不像殺鬼，一點也不恐怖，而且能吃到美味可口的食物，還能一睹新娘的美麗風采，真是一石二鳥——不過再怎麼樣，都不及禰豆子可愛吧？哎呀，我知道啦——我只愛禰豆子一個人——請不要誤會囉。」

善逸聞言，便搓著手卑躬屈膝地回答。

「賀詞是什麼？」

另一方面，伊之助用雙手抓起饅頭狼吞虎嚥，同時用頭猛力頂著炭治郎的腰側。

（好痛……）

炭治郎苦著一張臉。

而且（善逸）好噁心。

如今——應該說這幾天——這幕景象已經變成慣例了。

自從知道禰豆子是炭治郎的妹妹，善逸明顯態度丕變，對炭治郎格外阿諛奉承。

伊之助讓他困擾的地方，則是這個頭錘。他或許是想用自己的方式跟別人交流，不過老是被頭撞也令炭治郎不堪其擾。

再這樣下去，炭治郎的肋骨無論過了多久都好不了。

而且（善逸）好噁心。

「為什麼善逸要用那種噁心的方式說話呢？不可以冒犯新娘喔——還有啊，伊之助，所謂

的賀詞是用來祝福兩人結為連理的用語。好痛……伊之助，別再用頭撞我了。」
委婉地勸告兩人後，炭治郎轉頭面對阿久。
「我們也想祝賀新人，麻煩您了。」
炭治郎低下了頭。
「我才是勞煩各位了……」
阿久深深低頭，額頭幾乎都要貼到榻榻米上了。
「今晚就在我家用餐吧。」
她笑著說道。
「說到年輕人愛吃的食物，想必就是肉了……可惜我完全不懂洋料理……」
「——不，我們已經受您很大的照顧了。」
當炭治郎連忙揮舞雙手時——
「我要吃那個!!」
伊之助推開他大叫：「老樣子！老太婆，煮那個吧!!就是那個啊!!」
「喂！伊之助!!」
「別只說那個，把菜名講清楚啊。」
炭治郎和善逸各自教訓了伊之助，「您是說那個呀。」不過阿久恍然大悟地點著頭說：

「原來如此，是裹麵衣下去炸的天婦羅吧？」
「沒錯！」
「好好好……我會炸一大堆的。茶點還夠嗎？」
「不夠，把那個拿來!!聽好了，是那個喔!?」
「好好好，是烤年糕吧。我這就去拿……」
阿久沉穩地應答，隨即離開了房間。
雖然或許跟年齡有關，但阿久的一舉一動十分安靜，幾乎沒發出任何聲響。
她此刻也悄悄地拉上紙拉門。
「……她竟然這樣就懂了，伊之助幾乎只講了『那個』而已耶。」
善逸露出像是敬佩又像是錯愕的眼神，望著阿久消失於後方的紙拉門。
「的確——」炭治郎也表示贊同。
伊之助本人則是忘我地啃著饅頭，沒聽見兩人的呢喃自語。
『開什麼玩笑!!穿著和服住在屋子裡根本是拷問嘛！我才不幹呢!!把我當什麼啦!?老子可是山林之王喔！』

剛在這裡住下時，伊之助還曾經大吵大鬧，不過如今——雖然依舊打著赤膊——他似乎已經相當習慣這裡的生活了。

至少沒有把它當成拷問了。

大部分的原因恐怕是身為主人的阿久吧。

自從造訪這座宅邸以來，阿久始終不曾對伊之助流露懼意。

不僅不害怕駭人的豬頭，更不把他的種種古怪舉動當一回事。想到老婦人把伊之助當成孫子般殷勤照顧，炭治郎心中頓時充滿暖意。

（真是感激不盡……）

他懇切地心想。

撇開乾淨的被窩、溫熱的澡堂以及盛情款待不說，或許是因為一起洗澡並且吃著同一鍋飯的關係——儘管善逸異常巴結，伊之助又頻頻使出頭錘——感覺三人之間的距離好像一口氣縮短了。

更重要的是，兩人並未嫌棄身為鬼的禰豆子，反倒接受了這樣的她。

這真是太令人開心了。

炭治郎輕鬆地想道。

「喂，你怎麼把饅頭都吃光了!?裡面也有我跟炭治郎的份耶!?這頭笨豬!!」

「少囉嗦，屁逸！要怪就怪自己動作太慢!!」

「是善逸！誰是屁逸啊!?」

「閉嘴，小鬼！這裡是我的地盤!!」

「啊——是嗎？那可真是抱歉啊。話說地盤是什麼意思——呀啊啊啊啊！！！！」

「軟腳蝦!!想贏過我還早了一百萬年呢!!嗚哇哈哈哈哈哈！！！」

臉上挨了一拳的善逸在榻榻米上不住打滾、尖叫，室內迴盪著伊之助野獸般的笑聲。

（…………）

炭治郎輕輕嘆了口氣，隨即居中調停：

「——伊之助，不可以打善逸喔。」

善逸（理直氣壯地）吐嘈伊之助之後，被伊之助毫不留情地痛毆，炭治郎再出來當和事佬

——對他們而言，這也變成習以為常的景象了。

✻

「啊——新娘好漂亮啊～」

「飯菜真好吃，嗝。」

離開新娘子家的歸途——

聽到身旁的兩人發表截然不同的感想，炭治郎想起了新娘青澀的模樣。

稚氣未脫的新娘確實美得不可方物，怪不得村長家會衝著她的美貌迎娶。

而那滿懷欣喜的笑容，如實體現了她的幸福。

甚至連繡有飛鶴與百花的黑底振袖和服，以及奢華的金絲腰帶，都相形失色……

「那個人——」

「？怎麼了？」

「不，沒什麼。」

炭治郎輕輕搖頭。

說不定她跟禰豆子同年。

想到這裡，他的胸口頓時為之一緊。

（咦……？胸口怎麼悶悶的？）

炭治郎不解地歪著頭，同時輕手輕腳地重新揹好背後的木箱。

喀啦喀啦喀啦……突然傳來一陣指甲撓抓箱子內側的聲音，炭治郎聽了差點跳起來。

（!!）

本以為睡著的妹妹竟然還醒著，這讓炭治郎莫名心驚。

「不過那女人為什麼要穿成那樣啊？」

伊之助自言自語地問道。

「穿著下襬那麼長的和服根本沒辦法爬樹，也抓不到兔子和鳥喔。」

他微傾著豬頭，發自內心感到好奇。

「唉——所以我才討厭鄉巴佬啊。」

聽了伊之助天真的發問，善逸嘆了口氣。

「沒差啦，反正她又不會上山。人家今後就要變成大戶人家的夫人，飛上枝頭變鳳凰了，懂嗎？因為長得漂亮，所以能嫁給有錢人，穿上漂亮的和服，和蝴蝶與花兒過著備受呵護的生活。」

「還有啊，為什麼要穿得那麼黯淡？難道不知道黑色衣服在山裡容易被蜜蜂當作目標嗎？

那些傢伙也真是的，既然是喜事，幹嘛不穿得更鮮豔明亮一點啊？看了都覺得心煩。」

「就說她不會上山了。黑底振袖和服跟白無垢一樣都是新娘的制式服裝，象徵著『不染上你以外的人的顏色……』吧？唉——我也好希望有女生對我這麼說呢。如果可以，對象最好是禰豆子……嘻嘻。」

說到一半，善逸換上噁心的尖細腔調，心蕩神馳地自言自語。

「這傢伙到底在說什麼啊？」

伊之助一本正經地低聲說道。

「真夠噁心的……」

「我可不想被你這麼說喔!!」

面對伊之助的辱罵，善逸勃然大怒。

「你說呢？炭治郎!?」

「——咦？」見善逸轉而向自己尋求支持，炭治郎頓了一會兒，才含糊其辭地回答：「啊啊……該怎麼說呢？」

總覺得心神不寧，靜不下來。

喉嚨深處……彷彿哽著什麼東西。

「怎麼了？看你老是在發呆。」

善逸以關心的語氣這麼說完，拉了拉炭治郎外掛的袖口。

「發生了什麼事情嗎？」

「是肚子餓了吧。」

伊之助一邊說，一邊大啖慶宴時拿到的年糕。

「他在宴席上也是什麼都沒吃嘛。明明有那麼好吃的東西，真是個傻瓜。」

伊之助一口氣吞下剩餘的年糕，並拍了拍胸膛。

「你等著，仙二郎。我現在就回去拿剩飯過來！」

「!?不，不用了！」

炭治郎這才回過神，連忙阻止失控的伊之助。

不能放任他在慶宴上像山賊一樣四處打劫，不然特地舉辦的祝福儀式就付諸流水了。

「別客氣，照顧小弟是老大的責任。」

「我沒在客氣，況且我的肚子也不餓。」

「有得吃的時候不吃會後悔喔？有這麼大塊的肉耶!?還有一大堆水果呢!!」

「就說我真的不餓了，伊之助。」

儘管如此，伊之助還是難以接受，最後炭治郎甚至還得低頭拜託他別去。

好不容易才（不如說勉強）說服了伊之助，善逸卻露出有點擔心的表情，窺視著炭治郎的臉。

「到底是怎麼了?炭治郎，你從剛才開始就有點奇怪喔?」

「!奇怪?你說我嗎?」

「嗯。總覺得有種奇怪的『聲音』。」

「……——」

炭治郎嚇了一跳。

善逸的耳力優於常人，甚至能『聞聲』辨識別人的心情，就像炭治郎能夠辨識『氣味』一樣。

而他說炭治郎的『聲音』有異。

炭治郎驚慌失措、無言以對。

「——我懂啦。」

善逸像是保證自己絕不會對外聲張般，露出無比嚴肅的表情低聲說：

「是關於禰豆子的事情吧?」

「!!」

炭治郎的心臟不自覺地猛然鼓動。

看著一時不知該說些什麼的炭治郎，善逸不住點頭。

他的表情彷彿早已看穿了一切。

「你八成是想到了禰豆子出嫁那天，突然覺得寂寞了吧。」

「……咦？」

「不過炭治郎啊，這樣不行喔。要是禰豆子遇見了想結婚的對象，你應該要坦率地獻上祝福，這也是為了禰豆子好喔。」

「…………」

善逸的指正跟實際有點出入。

在善逸的腦中，身為鬼的禰豆子會如常地出嫁結婚。說穿了，善逸根本不介意禰豆子是鬼。

雖然炭治郎對此由衷感到欣慰，但還是有哪裡不對勁。

總覺得似乎搞錯了某種決定性的前提。

可是炭治郎不知道那是什麼。

所以才會覺得如鯁在喉，十分難受。

——嗯。總覺得有種奇怪的『聲音』。

——是關於禰豆子的事情吧？

為什麼會為了這些無心的話感到惶恐不安呢？

炭治郎困惑不已，他輕輕把手貼在自己的左胸上。噗通噗通……胸口微微鼓動，炭治郎靜靜地豎耳傾聽。

可是他聽不見善逸所謂的『聲音』。

（不，這是當然的吧？我的耳力又沒有跟善逸一樣好……）

自己到底是怎麼了呢？炭治郎蹙起眉頭。

善逸把炭治郎撇在一邊，兀自暢談禰豆子出嫁那天的景況，伊之助則是滔滔不絕地訴說著先前哪道料理好吃。

就在炭治郎不知該如何排解心中的疙瘩時——

「喂，燈！」

傳來了一道稚嫩的嗓音。

「當然不行啊。天就快黑了，會被鬼吃掉喔。」
「可是燈也想跟豐姊一樣嫁進村裡的大戶人家嘛!!人家不想幹活啦!!」
「不行就是不行!!」
「小氣!!姊姊是小氣鬼!!小氣老姑婆!!」
「妳說什麼!?再說一遍試試看!!」
轉頭望去，只見兩位少女正在路邊爭吵。
其中一位大約十歲出頭，另一位大概七歲左右吧?兩人蹙眉嘟嘴的臉驚人地相像，她們八成是姊妹吧。
（豐姊……是指剛才的新娘嗎?）
炭治郎靠近兩人。年紀較小的女孩注意到他，立刻抓緊了年長少女的衣袖。
「怎麼啦?在吵什麼呢?」
為了避免嚇到女孩們，炭治郎蹲下來問道。
年紀較長的少女迅速瞥了炭治郎一眼反問:
「您是住在阿久婆家的獵鬼人嗎?」

「嗯，我叫炭治郎。妳們是姊妹嗎？」

「是的。我是姊姊茜，她是妹妹燈。」

燈在姊姊自我介紹時，害羞地躲到了姊姊背後。她稍微探頭瞄了炭治郎一眼，隨即又躲了起來。

看到那孩子氣的舉動，炭治郎不禁莞爾一笑。

（六太也是這樣呢。）

不，茂、花子、竹雄——以及禰豆子都有過這段時期。

「豐姊是這次嫁入村子的人嗎？」

緬懷往昔的同時，炭治郎詢問兩姊妹。

「是的。」

「跟你說喔，豐姊找到了鬼燈葛喔。」

燈再度從姊姊身後探出頭插嘴。

「——鬼燈葛？」

炭治郎疑惑地歪著頭。雖然在山中長大，但他還是第一次聽到這個名字。

「那是什麼花嗎？」

「嗯，是花喔。」

燈重重點頭，伸出小小的手指比向附近的一座山。

「長在那座山裡。只要採到那種花，就能變鳳凰呢。」

「變鳳凰？啊啊，妳說飛上枝頭變鳳凰啊。」

「所以豐姊才能嫁進有錢人家啊。」

女孩得意地說道。

「那只是傳聞罷了。」

然而茜卻垂下眉梢。

「這座村子自古相傳『只要隨身攜帶新月之夜綻放的花，便能和心愛的人結婚，過著比任何人都要幸福的生活』——因為豐姊有幸覓得良緣，村裡的老人家都說她找到了鬼燈葛。而這孩子剛好聽到了這段話……」

「原來如此。」

炭治郎恍然大悟地敲擊手心。

「今天剛好是新月——」

「……是的。」

茜為難地點了點頭。

「燈一直說要去採花，怎麼勸都勸不聽……明明都說是夢幻之花了。」

所以兩人才會吵起來啊。

雖然理由十分單純，但現在已經是傍晚了。天色暗下來後，鬼就會開始四處出沒，怪不得身為姊姊的茜會擔心。

炭治郎窺視緊挨著姊姊背後的燈。

「可是晚上山裡很危險喔？」

「燈已經六歲了。」

留著娃娃頭的女孩倔強地回答。

儘管心中不禁大笑，炭治郎表面上仍正顏厲色地勸導女孩。

「即便是大人也會有危險喔？」

「因為鬼會出現嗎？」

「嗯。」

「喔──……鬼很恐怖嗎？」

「嗯，非常恐怖喔。」

炭治郎一本正經地點了點頭。

「我知道了。」

燈思考了一會兒，這才心不甘情不願地同意不進山。

茜聞言鬆了口氣。

「謝謝您。多虧有您的幫忙。」

深深低頭致謝後，她拉著妹妹的手說：「——好了，回家吧。」

「怎麼了？炭治郎。剛才那兩個女孩有什麼事嗎？」

當炭治郎目送兩人的背影離去時，善逸靠了過來，伊之助也跟在後面。

「你們談了什麼？」

「啊啊——」

炭治郎把剛才的談話內容告訴兩人。

「呿，無聊透頂。只不過是小孩子的胡言亂語罷了。」

伊之助似乎毫無興趣。

「喔～～這花感覺挺有意思的嘛。」

善逸卻好奇地呢喃著說道。

「可以跟心愛的人結婚，並過得比任何人都要幸福——真的好棒喔。不過要說這樣就是飛上枝頭變鳳凰，也未免太誇張了。」

「那終究只是傳聞喔？善逸。」

炭治郎想起善逸對結婚的執念之深，趕緊先點醒他。

畢竟這個男人曾哭著向路上剛認識的少女求婚呢。

「茜也說那是夢幻之花。」

「這也難怪，女孩子最無法抗拒與戀愛有關的神祕傳聞了。」

「！是這樣嗎？」

「嗯。女生不是都很喜歡咒語嗎？好比花瓣占卜之類的。只在新月之夜綻放的花，聽起來就很像女孩子會喜歡的東西——對了，聽說在新月之夜許願就能實現，或許就是源自於此吧……這樣看來，搞不好很多傳聞都不是空穴來風……」

善逸擺出一副很懂的表情，表示這種花說不定真的存在。

「善逸真是博學多聞啊。」

炭治郎誇獎著意外提出精闢見解的善逸。

「你這傢伙！就算誇我也沒好處喔!!」

善逸滿臉通紅，「嗚呼呼呼。」靦腆地發出噁心的笑聲。

仔細一想，說不定他根本不安好心，只是為了討女孩子歡心，才對這方面的事情特別熟悉，不過炭治郎依然感到相當敬佩。

（是嗎？原來女孩子喜歡這種東西啊。）

換句話說——

（禰豆子也是囉……？）

背後霧雲杉堅實的觸感，令炭治郎瞇起雙眼。

先前看到豐披上嫁裝、惹人憐愛的扮相，此刻突然與禰豆子的模樣重疊了。

身穿黑底振袖和服的妹妹帶著微笑——

看起來非常開心。

感覺十分幸福。

一想像起這幅畫面，腦海裡的迷霧頓時一掃而空。

（……原來如此……）

炭治郎總算明白心中疙瘩的原因了。

「喂，你們兩個！別囉嗦了，快點回老太婆家吧！老太婆炸了裹著麵衣的食物在等我們呢!!」

肚子狂叫的伊之助催促著炭治郎。或許是想到了還沒品嚐的美食，害他突然餓了吧。

「快點，別拖拖拉拉的!!」

「你還要吃喔？」

到底是想吃多少啊？善逸帶著一臉無奈的表情，轉頭望向佇立不動的炭治郎。

「怎麼了？要走囉？」

「…………」

「炭治郎？」

炭治郎猶豫了一會兒。

「抱歉。我有點事，善逸和伊之助先回去吧。」

對兩人這麼說完，炭治郎便忙不迭地邁步追趕茜和燈。

「啊……找到了！在那裡。」

由於距離道別已經過了一段時間，炭治郎原本還擔心可能會追不上，不過對方畢竟只是兩個小女孩，再加上有嗅覺的加持，炭治郎很快就追上了。

兩道小小的身影，在夕陽餘暉中感情融洽地牽著手。

「小茜、小燈！等一下——」

「？」

炭治郎出聲呼喚後，姊妹相似的面孔同時轉了過來。

兩人都露出了好奇的表情。

「獵鬼人哥哥？」

「怎麼了嗎？」

「關於那個鬼燈葛，可以再多說一些嗎？」

聽到炭治郎這麼說，年幼的姊妹茫然地眨著瞪大的雙眼……

✵

——當天晚上。

「嗚呼呼……咦？是嗎？這種事情……嘻嘻嘻……呼——呼——咦？嘿嘿嘿嘿……禰豆子真是的…………嗚咕嗚咕……」

善逸正作著美夢時，某人突然猛烈地搖晃他露出被窩的肩膀。

「……討厭～……煩死了……唔咕……難得現在氣氛正好……少礙事……伊之助……咕…………嗚呼呼……沒有這回事啦…………吘呼吘呼……禰豆子真的好可愛啊……嗚呼

呼。」

「…………」

善逸翻了身，試圖擺脫惱人的手，然而這回卻換成臉頰不斷挨打，熟睡中的善逸不禁蹙起眉頭。

「嗯～……什麼啦……？這次是炭治郎嗎？我正在和禰豆子互訴愛意，你也稍微迴避一下嘛……呼——呼——……我說禰豆子啊……」

啪啪啪。

「打從第一次見到禰豆子開始，我就對妳……嗚呼……嗚呼呼……沒錯……是真的啦……咔呼……好嗎？我們命中註定要結合啊……嗚咕嗚咕……」

啪啪啪啪啪啪啪啪——

「啊——!!真是的！我不是說了很煩嗎!?從剛才開始就一直啪啪啪啪地打人!!做什麼!?到底是怎樣啦!?故意找我碴嗎!?你們跟我有什麼仇啊——」

善逸總算睜開雙眼，對著不斷賞自己巴掌的人發火了。

然而——

「!?」

黑暗中看著自己的人既不是伊之助也不是炭治郎，而是離開箱中的禰豆子。善逸意識到這點時，所有怒火瞬間消失得無影無蹤。

「禰、禰、禰豆子？怎……怎、怎麼了嗎？三更半夜的……」

善逸驚慌失措地跳了起來，整張臉紅得像煮熟的章魚。

「難道是來見我的？不可能吧……啊、啊哈哈……啊，該不會是伊之助打呼太吵了!?哈哈哈……那傢伙真的很誇張呢。」

禰豆子不住搖頭，亮澤的黑髮隨之擺盪。

「咦？不、不是嗎？難道是我!?是我嗎!?我打呼太吵了!?我該不會磨牙了吧!?對不起喔!!」

善逸毫無意義地揮舞雙手道歉，禰豆子卻再度搖頭，並著急地指著善逸身旁的被窩，「嗚——……」地叫了起來。

善逸見狀，停下雙手不自然的動作。

「咦？什麼？炭治郎怎麼了嗎？」

看了看被窩後，善逸詫異地揚起單邊眉毛。

本應睡著炭治郎的被窩是空的。

順帶一提，伊之助正在另一側的被窩裡呼呼大睡。

禰豆子不安地環顧四周。

看了她的舉動，善逸總算明白了。原來她是在找炭治郎。

禰豆子晚上離開箱子後卻沒看見哥哥，一時擔心才搖醒了善逸。

（啊——禰豆子真是太可愛了……她真的很喜歡哥哥呢……好忌妒炭治郎啊……不過她並沒有求助於伊之助，而是來找我幫忙呢……啊啊，禰豆子，我最喜歡妳了。）

善逸內心深受感動，不禁露出癡迷的表情。

「他一定是去上廁所，很快就回來了。」

「嗚——嗚——!!」

雖然他這麼安撫禰豆子，可是不知道為什麼，禰豆子卻一臉氣憤地猛力搖頭。

「嗚——！」

「？」

善逸察覺禰豆子的樣子並不尋常，便掀開炭治郎的被窩，摸了摸墊被。

「呃……」

好冷。手中冰涼的觸感，讓善逸臉上的紅暈頓時消退。

從溫度看來，剛才絕不可能有人睡在上面。

善逸檢查了一下房間，這才發現炭治郎的隊服和日輪刀都不見了，之前穿的和服反倒折得整整齊齊。

「？炭治郎去哪兒了……!?」

善逸開始擔心，他唰啦地拉開面對庭院的紙拉門。

外面一片漆黑，星辰顯得格外耀眼美麗。

「對了……今天是新月呢。」

這時，白天發生的事突然掠過腦海。

見過新娘後，炭治郎的『聲音』就變得跟平常不一樣了——

據說擁有鬼燈葛就能跟心愛的人結婚，變得比任何人都要幸福。

提到禰豆子的瞬間，炭治郎明顯心跳加速。

炭治郎說有事要辦，便追著少女們去了。當時木箱在他背後隨之搖晃……

善逸轉頭面對禰豆子。

「那傢伙該不會——」

炭治郎把眼前的少女看得比世上任何東西都重要——想必也比自己還重要吧。如今這位少女正雙眉緊皺，手裡還抓著哥哥的被子。

✵

映入眼簾的是滿天星辰。

「——嗚……嗚嗚……」

炭治郎倒在濕潤的泥土上。

他摔落的懸崖比想像中還高。
幸好掉下來的地方到處都是腐葉土，炭治郎並無大礙，不過他還是昏迷了一會兒。
「………呃……！」
準備起身時，炭治郎忍不住發出微弱的呻吟聲。
全身無處不痛。
尤其是肋骨，還差一點就完全痊癒了——要是又骨折，那也未免太丟人了。
這樣可沒臉見無私照顧自己的阿久啊。
（……沒想到竟然會摔下懸崖。）
為了自己缺乏鍛鍊而感到慚愧的同時，炭治郎盡可能輕手輕腳地起身。雖然悶痛依舊，但似乎沒有骨折。
就在炭治郎鬆了口氣的時候，傳來了樹枝摩擦的沙沙聲。
導致他墜落懸崖的原因從中出現。
炭治郎見狀，不禁面露笑容。
「原來你沒事啊。太好了。」
一頭成人大小的野豬低聲嗚吼，怒目瞪視炭治郎。
「下次要小心喔？」

炭治郎笑著這麼說完，野豬又開始了悶哼。

幾個小時前——

為了尋找鬼燈葛，炭治郎意氣風發地上山，然而要在夜裡的山中找花卻意外地困難。儘管在山裡長大，這裡卻不是炭治郎成長的山。走在不熟悉的山路，尋找不知是否確實存在的花，比想像中更需要毅力。再加上茜和燈跟本沒有繪畫細胞可言，她們拚命畫好的畫完全派不上用場。即使如此——

『聽說葉子是鮮明的綠色，邊緣呈大鋸齒狀。』

『花瓣有五片，像這樣蓬蓬的。看好了，是這種形狀。不對不對，是這樣。討厭，畫得好爛喔。』

『花的顏色大多是朱紅色，偶爾也有紅色或白色的花……其他的特徵……啊啊，對了，聽說每片花瓣的形狀都像是豬的眼睛，非常可愛呢。味道嗎？味道我就……』

葉子的形狀以及花瓣的數量、顏色等等——當炭治郎靠著這些口頭獲得的資訊，認命地不

斷尋找時，一頭野豬突然從草叢裡探出頭。

神似伊之助的野豬呼吸急促，渾身散發憤怒的氣味。

仔細一看，野豬的腿根處有道新傷，而且傷口不淺。所以牠才會這麼激動吧。

『你受傷了嗎？來，讓我看看。沒事了……啊啊，不行。要是亂動的話，你的傷會……!!危險——』

在安撫掙扎的野豬時，野豬險些掉落懸崖，炭治郎見狀立即捨身保護牠。

——於是演變成現在的狀況。

「好——這樣就可以了。以後要小心喔？」

幫冷靜下來的野豬簡單處理完傷口後，炭治郎露出了微笑。

愈看愈覺得簡直跟伊之助如出一轍。

「那麼我還得去找鬼燈葛，你要多保重啊。」

炭治郎說完便準備離開，然而野豬卻一口咬住了炭治郎外掛的下襬。

「哇！怎麼了？肚子餓了嗎？不過這是外掛，不能吃喔。」

「嗚——」

野豬低聲嗚吼，用力拽著炭治郎的外掛。

「咦？要我跟你走嗎？」

「嗚——!!」

「好，我知道了。」

瞬間與野豬心意相通的炭治郎點了點頭。

野豬自信滿滿地邁開步伐，炭治郎趕緊跟上。

走了好一陣子，鬱鬱蒼蒼的草叢深處出現了一個小洞窟。

「……——啊。」

洞窟旁開著朱紅色的花。

炭治郎見狀瞪大雙眼。

鮮明的綠葉，蓬蓬的五片花瓣全都長得像是豬眼睛。

炭治郎的喉頭發出微弱的吞口水聲。

「鬼燈……葛……——？」

被夜露沾濕的花瓣嬌美無比，彷彿綴滿星子般閃閃發光。

一夜之間失去家人的時候——
知道禰豆子餘息尚存，炭治郎不曉得有多安心。
他是多麼高興，而且深深地獲得了救贖。
說不定禰豆子是為了不讓窩囊的哥哥變成隻身一人，才不惜變成鬼苟延殘喘……
每次不經意地想到這點時，炭治郎總是對妹妹湧現強烈的憐憫與疼惜，幾欲流淚。

從小就一直忍耐的禰豆子。
溫柔得近乎可悲的禰豆子。
我發誓再也不讓任何人從妳身上奪走任何東西。
絕不會讓任何人傷害妳。
哥哥一定會讓妳獲得幸福。

沒能給大家的份全都給妳——

✵

「……哎呀？大家……已經醒了嗎？」

回到阿久家時，炭治郎他們住的房間發生了大騷動。

明明是深夜卻點了燈，走廊盡頭還聽得見說話聲。

「所以說，炭治郎那笨蛋上山去找花了！沒錯，是趁夜上山喔。要是鬼出現了，豈不是很危險嗎？我說我要去找他，你也一起來。」

「啊？為什麼老子非得在三更半夜去找紺治郎不可啊？你自己去不就得了？」

「晚上的山上很恐怖啊!!我一個人會害怕啊!!」

「呿……這個軟腳蝦。話說炭五郎那笨蛋幹嘛要上山啊？」

「就說是去找花了!!聽別人說話啊！」

「花？豬太郎那笨蛋幹嘛去採花啊？簡直像個娘兒們似的……」

「我想他大概是聽了鬼燈葛的傳聞，想把它送給禰豆子吧。那個笨蛋炭治郎。」
「鬼燈蕪菁是啥？食物嗎？」
「是鬼燈葛！白天村裡的女孩們不是說過嗎？當時伊之助也在旁邊聽吧？你還狼吞虎嚥地吃著年糕呢。難道你忘了嗎？」
「年糕我倒是記得。很好吃呢。」
「笨蛋！伊之助是笨蛋!!都是一群笨蛋!!」
「你說什麼!?」

（被罵了好多次笨蛋啊……而且伊之助說的名字也錯得太離譜了……）
炭治郎吞了口口水，戰戰兢兢地拉開紙拉門。
「……我回來了。」
——房間內，伊之助正緊緊勒住善逸的脖子。
「!?嗚哇啊！！！你在幹什麼啊！快住手，伊之助!!」
炭治郎連忙上前勸架。
「放開善逸，伊之助。」
「少囉嗦，豬治郎!!這傢伙根本瞧不起我嘛!!要是不痛扁他一頓，我實在嚥不下這口氣!!」

「我不是常說隊員之間不能打架嗎!?現在立刻放手!!」

炭治郎喝斥一聲，好不容易拉開了兩人。

「呿。」

「嗚嗚……炭治郎。」

炭治郎安撫著咂舌的伊之助，以及死纏著自己不放的善逸。

「——話說回來，禰豆子呢？在箱子裡嗎？」

聽到炭治郎這麼問，妹妹慢慢從他的被窩裡探出頭。

「…………」

「什麼嘛，原來妳在這裡啊。」

炭治郎表情一亮，喜孜孜地取出小心收在隊服內袋的花。雖然花稍微折彎了，卻還沒枯萎。

他用右手拿著美麗耀眼的花朵，輕輕遞到妹妹胸前。

「這個送妳，這是鬼燈葛喔。」

「…………」

「拿著這個就能跟喜歡的人結婚，變得比任何人都要幸福喔。」

炭治郎笑咪咪地說道。

然而妹妹卻遲遲沒有伸手。

「？」

不知道是不是錯覺，禰豆子顯得沒什麼精神。

說不定是因為自己突然不見蹤影，害她擔心了。如果真是這樣，自己也未免太過分了。

炭治郎特別放軟語氣。

「對不起，讓妳擔心了。花很漂亮吧？」

「…………」

禰豆子注視著花一會兒，便從炭治郎手中接下來，別在自己的頭髮上。

看見炭治郎展露笑顏，禰豆子也一起笑了。

她取下自己頭髮上的花，隨後別到了炭治郎頭上。

「……嗯？哎，禰豆子，不對啦。我不需要這個。這是送妳的——……」

炭治郎這麼說完，禰豆子頓時斂起笑容、垂下眉梢。

（啊……——）

總覺得以前好像也在哪裡，看過這種極為悲傷的眼神。

妹妹目不轉睛地看著哥哥。

有種像是責備……
又像是憐惜的『氣味』——

「…………對不起……」
炭治郎什麼也辦不到，只能回望禰豆子的雙眸。這時，他突然想起了往事。

『哥哥，不要道歉。為什麼你老是在道歉呢？』

炭治郎倒抽了一口氣。
雖然已經忘記是什麼情況，但當時妹妹難得地發火了。
妹妹露出少見的嚴厲臉色注視著哥哥。
沒錯——那是個寒冷的日子。
天空飄著冷得凍骨的飛雪。
記得當時父親才剛去世。

『生活貧困就很不幸嗎？穿不起漂亮的和服就很可憐嗎？』

妹妹筆直地注視著哥哥，比起憤怒與不耐，更多的是悲傷的『氣味』。

『既然盡全力打拚也沒用，那也沒有辦法啊。生而為人……總不可能每個人都事事順心如意。』

記憶中的禰豆子與眼前的禰豆子重疊了——

看到妹妹眼裡充滿深沉的悲傷，炭治郎激動了起來。

不對。

不是的，禰豆子。

（我只是……想讓妳獲得幸福……所以才——）

『幸不幸福由我自己決定，重要的是「現在」啊。』

「!!」

妹妹說過的話在耳邊重新響起的瞬間——炭治郎覺得腦袋彷彿被重重打了一下。

沒錯——

因為家境貧困，妹妹穿不起漂亮的和服，還要每天幹活，最愛的父親又過世了，為了弟妹只好忍耐。雖然哥哥不斷為此道歉，妹妹卻說：

不要再道歉了。

『如果是哥哥的話，應該能體會我的心情吧。』

（啊啊————）

原來……

禰豆子的心情也跟自己一樣。

無論如何我都想讓禰豆子變回人類。

如果可以的話，我想讓她享受妙齡少女應有的璀璨時光。

但願她能找到喜歡的男性相伴身旁。

我比任何人都希望妳能獲得幸福……

炭治郎沒有一天不這麼想。

然而，禰豆子也是同樣的心情。

如同炭治郎時時為妹妹著想，禰豆子也惦記著哥哥。

所以她才把能夠獲得幸福的花送給炭治郎。

此時依然活著的禰豆子還有未來，她並不是不幸的女孩。

雖然家人慘遭殺害，自己也變成了鬼，眼前的狀況依然困難重重，但她獲得主公大人的認可，成為鬼殺隊的一員，擁有重視她的夥伴，甚至有男人不介意她是鬼，向她表達了愛意。

自己是為了妹妹未來的幸福而戰——

炭治郎把妹妹的身體拉近自己，輕輕抱住了她。

「謝謝妳，禰豆子……」
禰豆子也緊緊抱住了哥哥。
這份紮實的重量與溫暖，令炭治郎不禁落淚。
有好一會兒，炭治郎只是默默擁抱著妹妹。
「我說啊——」
突然間，伊之助好奇地問道：
「你怎麼哭了？是哪裡痛嗎？」
「伊之助。」
原本一起跟著哭的善逸，小聲訓斥著說道：
「你是不懂得看場合喔？不懂的話，至少給我閉嘴啦。」
「所以呢？總一郎幹嘛去爬山啊？」
「你這傢伙……剛才都沒在聽我說話嗎？他上山是為了採鬼燈葛啦。」
看，就是那個——善逸指向別在炭治郎頭髮上的花。
「可是那個不叫鬼燈葛耶。」
伊之助懶洋洋地瞥了花一眼後，這麼說道。
聽到那完全不當一回事的語氣——

「「……咦……？」」

炭治郎和善逸不禁異口同聲地發出驚呼……

「……總覺得昨天各方面都很可惜呢。」

隔天早上，炭治郎心不在焉地坐在長板凳上曬太陽時，善逸提心吊膽地搭腔道。

伊之助正一邊大喊「豬突猛進!!」，一邊在庭院中央疾馳。

炭治郎身旁是裝著禰豆子的木箱。

結果炭治郎昨晚採回來的花並非『鬼燈葛』，而是『豬目草』。

由於花瓣的滋味甜美，大多都被野生動物吃得精光，可是不知道為什麼，唯獨野豬不吃這

種植物，所以野豬的巢穴附近倒是開了不少。

換言之，其實野豬昨晚並非跟炭治郎心意相通，而是為了感謝他出手相助以及幫忙療傷，才會招待他到自己的巢穴吧。

順帶一提，除了新月之夜以外，豬目草在滿月的晚上也會開花，花期更是沒有晝夜之分。

「是因為我說這種花說不定真的存在，女孩子收到花會很高興的關係吧，總覺得很過意不去呢。」

「——不，是我自作主張，善逸一點錯也沒有。」

炭治郎笑著搖了搖頭。

「善逸昨天不是說我的聲音有點『奇怪』嗎？」

「咦？啊、啊啊……我是這麼說過啦。」

「那時候我自己也搞不太清楚，不過看到幸福的豐小姐——看到美麗的新娘時，我不禁可憐起無法活在陽光下的禰豆子……」

不僅穿不起漂亮的和服。

還無法在陽光下生活。

甚至害她捲入血腥的爭戰而受傷，給不了她任何妙齡少女應該享有的喜悅。

這一切都讓炭治郎感到愧疚不已、坐立難安，不知如何是好。

「可是禰豆子她——……」

「…………」

禰豆子不是成天哀怨自己有多不幸的女孩。

跟還是人類的時候一樣，她拚了命地活在『當下』。

更重要的是，禰豆子的『幸福』要由她自己決定。

那可能會是與心愛的人結為連理、白頭偕老，也可能不是。

總之，那絕不是自己這個當哥哥的能夠做主的事。

可是自己卻認定妹妹『現在』很不幸而心生憐憫，試圖把『幸福』強加在她身上……

「我該做的是打倒鬼舞辻無慘，盡快讓禰豆子變回人類，並為家人報仇雪恨。」

「炭治郎……」

炭治郎筆直地面對前方這麼說完……

「——————我也會加油的。」

善逸抽了抽鼻子，低聲地呢喃道。

「雖然很害怕……老實說我很弱，根本派不上用場，常常覺得自己要死了……千萬別對我抱有任何期待……但我會在力所能及的範圍內，盡最大的努力。」

「善逸……」

「真的不要對我抱有任何期待喔。」

善逸大概真的很沒自信吧，甚至又鄭重聲明了一次。

即使如此，他的貼心依然令人欣慰。

「喂!!還不趕快跑起來！給我跑到嘔血為止!!」

別說庭院了，伊之助的聲音甚至響徹全村，一口氣驅散了感傷的氣氛。

「為了讓三號小弟變回人類，不是得打倒惡鬼的老大嗎!?既然如此，咱們只好變強了!!少在那邊囉哩囉嗦了！這個笨治郎!!」

「什麼三號小弟啊!?你對禰豆子說這什麼——」

雖然善逸氣憤不已，炭治郎卻笑了。

「伊之助說得沒錯。」

伊之助的直率與堅定實在是太耀眼了。

「……得變強才行。」

「對吧!?」

「你在說什麼啊？炭治郎。你的骨折不是還沒好嗎？好不容易才快要痊癒耶。話說回來，明明我們是來休息的，為什麼非得操到嘔血不可啊？出發點完全不對啊!?」

「喂，小弟們!!快點跟上伊之助大人啊！！！」

伊之助中氣十足的吼聲，掩蓋了善逸傻眼的抱怨。

這時——

「新娘花轎要經過囉！」

村中年輕人的粗啞嗓音隨風傳來。

炭治郎輕輕閉上眼睛。

豐青澀的新娘裝扮。

阿久溫柔的笑容。

茜和燈的雙眸熠熠生輝，臉泛紅潮地在一旁觀望。

一切彷彿歷歷在目。

「……──」

炭治郎隻手撫摸著身旁的木箱，箱內傳來了回應的聲音。

聲音雖然微弱，卻很溫柔。

炭治郎不禁露出微笑，抬頭仰望蔚藍的天空。

這天正好是晴朗無雲的大晴天。

第2話

為了誰

「禰豆子，那邊要小心腳下喔。」

「…………」

腳下有些落差。善逸伸出手，禰豆子緊緊握住了他的手。

（嗚哇，好柔軟的手啊……我跟禰豆子牽手了!!牽手啊！！！太棒了！！！！！）

肌膚柔潤的觸感令善逸不禁露出一臉傾心的模樣，細細品味著湧現心頭的幸福。

由於白天專注地投入於全集中・常中的嚴格特訓，像這樣在月兒露臉後和禰豆子短暫外出散步的時光，更是令他感到無比幸福。

而且事前也確實取得了禰豆子的哥哥炭治郎，以及屋主阿忍的同意，他才敢光明正大地外出。

世上所有事物在這段時間都顯得十分耀眼。

就連高掛夜空的新月，彷彿也在祝福自己。

「快到那個開滿花的地方囉？會不會累？啊，那邊還有好多白三葉草，到時候幫妳編個花圈吧。」

善逸紅著臉說道。

禰豆子抬起咬著口枷的臉仰望善逸，湊近形狀姣好的下巴點了點頭。

看了那可愛的模樣，善逸感慨地心想：『啊啊……幸好還活著。沒有變成蜘蛛真是太好了!!』

「來，禰豆子！就是這裡了！」「!!」

來到離蝴蝶屋沒多遠的原野，禰豆子的表情頓時為之一亮。

平原上滿是盛開的花朵，身為男性的善逸也不禁看得出神，花樣年華的禰豆子就更不用說了。

禰豆子在淡淡的月光下興高采烈地四處張望，善逸見狀不禁莞爾，開始依約摘取白三葉草。盡可能多摘一些，幫她做好多好多花圈吧。

（從以前開始……我就特別擅長這種事呢。）

禰豆子潤澤的黑髮想必跟花圈很匹配吧。

（一個純粹只用白三葉草，其他的再搭配別種花吧。這樣色彩也會比較豐富。）

想到這裡，善逸開口問道：

「哎，禰豆子。禰豆子覺得哪種花最——」

話才說到一半，他卻閉上了嘴。

「……──」

看到在白三葉草一隅默默綻放的黃花，善逸心中本已淡忘的記憶突然復甦了。

（那種花是…………）

那是認識炭治郎和伊之助之前的事情──

當時的他在前任柱底下修行。

✸

「好…………總算擺脫爺爺了。」

善逸躲在大樹後方警戒四周，同時放心地吁了口氣。

「爺爺一定生氣了吧～」

雖然有點內疚，但自己已經撐不下去了。

這不是鬧著玩的，真的會死掉啊。
善逸的『培育者』是精力充沛的老師父・桑島慈悟郎。
『才這點程度死不了啦!!』
雖然他常把這句話掛在嘴邊，但下次說不定真的會死。
說不定不是被雷打中、頭髮變成金色就能了事。
（對不起喔，爺爺……不過我頂多只有這點斤兩……忘了我吧——其實我也不是真心這麼想……如果你能偶爾想起我，我就很開心了——真的很抱歉……我最喜歡爺爺了……可是我已經撐不下去了。）
在心中向師父道歉後，善逸加緊趕路，希望能在日落前下山。夕陽正逐漸西沉。

到了村裡之後，先品嚐美味的饅頭。
然後盡情欣賞路上往來的女孩吧。
反正深夜也不必偷偷摸摸地修行，難得能睡個好覺了。
看看幻燈片電影似乎也不錯。
善逸這麼心想，踩著輕快的步伐下山，然而來到山麓附近時，他倏地停下腳步。

他那比誰都敏銳的耳朵，捕捉到女孩子悲痛的哭聲。

「不好了！有女生在哭呢!!」

彷彿變了個人一般，善逸突然換上威風凜凜的表情，撥開樹枝、跨越河川，直驅崖下來到了哭聲的源頭。

身穿純白和服的少女蹲在草叢裡不住啜泣。

「哎……妳還好吧!?是哪裡不舒服嗎!?」

「……咿……」

善逸一出聲，少女頓時嚇得肩膀一顫。

她戰戰兢兢地回過頭，看到善逸後才鬆了口氣似地垮下肩膀，再度哭了起來。

「…………嗚嗚，嗚…………」

「對、對不起喔!?嚇著妳了吧!?哎，妳真的沒事嗎!?有沒有哪裡不舒服!?」

在善逸鍥而不捨地追問下，少女總算抬起了頭。

兩人不經意地四目交接——

淚水濡濕了少女那有如鳥羽般纖長的睫毛，美得連花兒都自嘆弗如。

（哈嗚哇……!!）

善逸感覺彷彿被一箭貫穿心臟，不禁摀住了左胸。

當然，那就是愛神之箭。

是因為自幼失怙失恃，成長過程不識家庭溫暖的關係嗎——？比常人更嚮往愛情與婚姻的他，特別容易墜入愛河。

善逸已經完全愛上了眼前淚眼婆娑的少女。

他手忙腳亂，無論如何都想讓少女止住淚水。

「那、那個……………不、不介意的話，可以告訴我妳為什麼哭嗎？說不定我能幫上什麼忙……!!」

「…………」

「我叫我妻善逸，在這座山內跟著『培育者』爺爺學習劍術。」

「劍……術？」

在不清楚來者何人的情況下，對方恐怕會感到不安吧。想到這裡，善逸便做了自我介紹，於是少女的『聲音』產生了些微的變化。

那是有所期盼的聲音。

是萬念俱灰時，突然發現一絲曙光的聲音。

善逸察覺自己成了少女的希望，不禁開心得拔高嗓音。

「哎？說說也好啊，要不要跟我談談!?」

善逸氣勢洶洶地冒然問道，少女這才止住了淚水。

「——我叫小百合。」

她以顫抖的聲音報上名字。

「我住在前面開滿了紫藤花的小村子，跟母親、繼父還有兩位繼姊一起生活。」

「這樣啊，妳叫小百合啊。這名字真可愛——所以呢？妳今天上山做什麼呢？而且還穿著那身不易行走的和服……」

得知少女的名字後，善逸開心地扭動雙手繼續問道，然而少女卻難過地垂下眉梢。

「其實前幾天晚上，繼父在這座山裡遇到了鬼……雖然僥倖逃過一劫，但當時繼父答應獻上女兒作為交換條件……」

「咦咦!?把小百合獻給鬼嗎!?這算什麼!?會不會太過分了!?」

「這也是沒辦法的事情…………假使繼父不在，母親和繼姊也沒辦法活下去了。」

「…………」

少女垂下眼簾，殘留在睫毛上的淚水立刻滑落臉頰。

後腦勺高高綁成一束的黑髮美得無以言喻。

面對我見猶憐的少女，善逸不顧一切地大喊：「——我幫妳！」

✵

『就由我代替小百合去找鬼，三兩下把鬼收拾掉！小百合就在山麓等著吧!!』

善逸走在昏暗的山路上，很快地，他就為脫口說出這種話感到後悔。

雖然為了假扮小百合而換上和服，下襬卻長得莫名其妙，好像隨時都會跌倒，加上背後又藏著刀，行動十分不便。

況且還要對抗惡鬼，這更是讓善逸害怕不已。

（不，絕對不可能吧？）

（我哪有本事獨力殺鬼啊？）

（什麼叫三兩下啊!?三兩下耶!!）

（我怎麼可能辦得啊。）

（還是現在回去跟爺爺低頭道歉，請他一起去呢……）

（可是沒那個時間了……）

（啊——我要死了……我死定了。）

善逸的理性不住哀號。

好想不顧體面地嚎啕大哭，立刻拔腿逃離這裡。

不過另一方面，他也明白只有自己才能讓那位可愛的少女止住淚水。

（小百合……感覺很開心呢。）

善逸表示要幹掉惡鬼時，小百合眼淚撲簌簌直流，哭得死去活來。

雖然意味著希望與喜悅的明亮音色逐漸增強，但其中也確實交織著慚愧、內疚……以及困惑的聲音。

大概是因為把素昧平生的善逸推入火坑，使她受到了良心苛責吧。

那是極為複雜又令人心痛的聲音。

（她真是個善良的女孩。）

分別之際，小百合含著眼淚緊握善逸的雙手，要他務必平安歸來——善逸此刻想起了那顫抖的嗓音。

雖然繼父最先犧牲掉沒有血緣關係的自己，親生母親也沒有打算阻止，但小百合從未責怪過兩人。

所以善逸才更想為她做些什麼。

不過就算懷著對少女的思慕與勇氣，也無法克服面對鬼的恐懼。前往鬼和繼父約好的地點途中，善逸好幾次想要逃跑，好不容易才說服自己堅持下去。

夜空中掛著細長的新月。

善逸透過樹木的縫隙仰望明月，在心中默默祈禱。

（希望是又小又弱的鬼!!）

這時──

────────傳來了鬼的聲音。

「咿……──」

善逸連忙以雙手摀住嘴巴，免得悲鳴不自覺地脫口而出。

那是殷殷期盼著少女的到來，迫不及待地想啃食柔嫩肉體的聲音。聽起來既貪婪又殘忍。

「…………」

善逸渾身打起哆嗦，停下了腳步。

他沒辦法繼續前進了。再怎麼努力都無法多踏出一步。

當善逸斂去氣息，在黑暗的山中佇立不動時，巨大的鬼從草叢深處出現了。那隻鬼顯然是異形，背後長著三條巨大手臂，分別握著大大的鐮刀。一張血盆大口開至耳際，往上是六隻殘忍的小眼睛，在暗夜中閃閃發光。

（不妙……這下死定了。小百合……對不起。）

看到那直抵雲霄的龐大身軀以及駭人的樣貌，善逸嚇得牙齒直打顫。

哈啊哈啊哈啊哈啊哈啊哈啊哈啊哈啊哈啊哈啊哈啊哈啊——善逸不顧少女應有的形象，大口喘起了粗氣。

「妳就是老頭的么女嗎？」

惡鬼以嘶啞的嗓音問道。

剎那間，心臟差點從嘴裡跳出來了，善逸好不容易才壓下心中的恐懼回答：

「是……是是是是的。」

可是卻止不住語尾不自然的上揚。

「我、我、我叫善子。」

瞥了善逸一眼後——

「那個死老頭，竟然為了保命而說謊。這醜女算村裡的哪門子第一美女啊？」

惡鬼氣憤不平地咂起舌。

為了假扮小百合，善逸勉強綁起頭髮，把紅色花瓣搗出汁液上妝。不過這畢竟是男扮女裝。

不少惡鬼嗜食年輕貌美的女子，這隻鬼也有這種癖好吧。期待落空的失望與不耐直逼而來。

善逸怕得渾身顫抖。

「算了。總之，先把妳殺來吃吧。在接下來的時節，可恨的紫藤花即將凋零，到時候就在那傢伙面前吃掉他老婆和其他兩個女兒吧……這是愚弄本大爺的懲罰。」

惡鬼擦拭著滴落的口水，恐嚇著說道。

聲音裡充滿了殘忍的喜悅。

渴求鮮血的嗓音冰冷得感受不到一絲溫暖。

惡鬼狂傲地低語：

「先用這把鐮刀把眼珠掏出來吧。再來是舌頭。然後是——」

「咿呀………——」

因為太害怕了，善逸終於放棄了思考。

腦海傳來某種斷線的聲音，他就這樣被黑暗吞噬……

✵

「嗯嘎!?」

在某種物體掉落的衝擊聲醒來後，善逸迅速地環顧四周。發現惡鬼的頭顱掉在自己腳邊，他不禁放聲疾呼。

「呀──────!!!!!!!!!!!!!!!!」

音量之大足以撼動夜晚的山林。

善逸跳開時似乎踢到了惡鬼的頭，頭顱在刺耳的撞擊聲中不斷滾動，殘留在傷口上的血也隨之飛濺。

「咿呀──────!!!!!!不要啊──────!!!!!!」

惡鬼彷彿看到什麼不可置信的景象，六隻眼睛瞪得斗大且布滿血絲。脖子的切口十分平整，看似遭銳器一刀兩斷。

就像被砍斷的白蘿蔔。

「什麼什麼什麼!?怎麼突然就死了!?討厭！！！！！我受夠了！！！！！！」

善逸嚎啕大哭。

「為什麼頭突然斷了!?為什麼啊!?太可怕了!!討厭!?這是怎樣啊!?」

他完全摸不著頭緒。

惡鬼突然身首分離。

自己莫名其妙地握著藏在背後的刀。

純白的和服沾滿了惡鬼的血漬。

「有人救了我嗎!?哎，你在哪兒啊!?是誰救了沒用的我吧!?」

善逸哭著環顧四周，卻沒看到半個人影。

這時——

（啊!!）

他突然驚覺。

願意出手解救自己的人，世上也就只有那麼一個吧？

「爺爺……」

善逸眼裡重新湧現淚水。

八成是來帶善逸回去的慈悟郎，從惡鬼的魔掌中拯救了他，瞭解整個狀況後又貼心地躲起來吧。

感激與愧疚盈滿善逸心頭。

「爺爺……謝謝你……我一定會跟小百合一起獲得幸福……謝謝你一直以來的照顧……真的……很謝謝你救了這樣的我。你要保重身體喔。」

善逸哭著收刀入鞘，對著昏暗的樹林深深鞠躬，接著便斬斷依戀，離開了現場。

——善逸的身影消失後，草叢裡拄著拐杖的人影有了動靜。

「……——那個笨徒弟。」

低語聲聽來十分鬱悶。

「都說你擁有不輸給任何人的才能了，為什麼你就是不懂呢——」

✻

小百合在等我。

她正在前面等著我呢！

善逸握著返回山麓途中摘下的黃百合，恍惚得宛如置身夢境。

『謝謝你……善逸先生。我喜歡你。』

腦海浮現小百合欣喜的表情。嗚呼呼呼呼，善逸頓時害臊得發出詭異的笑聲。

山路彼端可見披著善逸衣物的人影。

「啊！小百合——……」

善逸本想大力揮手，卻在前一刻停下動作。

小百合並非隻身一人。旁邊還站著氣質純樸的青年，同樣不安地望向這邊。

「善逸先生……………」

「…………」

小百合的雙眼湧現淚水。

這時，善逸全都明白了。

小百合發現善逸對自己抱有超出憐憫與溫情的好感，所以才願意當她的替身。然而她早已有了愛人。

正因如此，她的聲音聽起來才會這般複雜與心痛吧。

小百合也不樂意欺騙善逸。

她只是沒說罷了。因為想活下來，因為不想死，她迫不得已選擇了沉默。

過去有個女人騙了善逸的錢，跟心愛的男人遠走高飛，不過小百合跟她不一樣。

聲音也都聽得一清二楚。

只是善逸自己往好的方面想而已。

如今她的聲音也不斷訴說著：對不起，對不起。

令人不禁鼻酸——

（………小百合沒有錯。）

感受著激情逐漸冷靜的同時，善逸仍對少女展露微笑。胸口陣陣刺痛。

「惡鬼已經死了，再也不用擔心囉。」

「謝……謝謝你…………謝謝你。」

「真的很謝謝你……!!」

男人也誠摯地道謝，幾乎都要跪下磕頭了。

「你的大恩大德，在下沒齒難忘……!!我要帶走小百合，遠離那個無情的繼父!!真的很感謝你!!獵鬼人大人!!」

（吵死了……!我又不是為了你而努力!!一切都是為了小百合啊!!不過實際上打倒惡鬼的是爺爺就是了!?可惡!!偏偏這傢伙長得也不帥，只是個極其普通的好人，這樣反倒更讓人不甘心啊，笨蛋!!）

善逸在心中流著血淚，悄悄將百合花反手藏在身後。

「善逸先生……我，那個……對不起……」

「…………」

「真的…………很對不起……」

小百合撲簌簌地落淚。

她責怪自己的聲音令人聞之鼻酸。

「小百合，妳要幸福喔……」

「…………——好的。」

小百合哭著，好幾次低下頭。

最後兩人相偕回到村裡。

善逸帶著笑容，目送他們的背影離去。

「…………嗚、嗚。」

剩下自己一個人時，淚水突然溢湧而出。

在模糊的視野中，善逸茫然地看著原本摘來要送給小百合的花。

黃百合。

記得它的花語是——

『朝氣』與『虛偽』。

（……!!）

胸口不住發疼。善逸本想把花扔在山路上……最後還是打消了念頭。

當他在月光下拚命忍著淚水時，身旁傳來別人的氣息。

不知不覺間，慈悟郎出現了。

那聲音聽起來既嚴厲又可怕，卻相當溫柔。

善逸戰戰兢兢地開口說：

「……那個……爺爺，我……」

「這個笨蛋！！！」

在慈悟郎一聲喝斥下，善逸嚇得縮成一團。

「我都說過那麼多次了，你竟然還敢拋下修行逃走！還有，你那身奇怪的打扮是怎麼回事!!簡直醜得可以!!」

「咿……對不起!!」

「受不了，有個笨徒弟真是有夠麻煩。」

慈悟郎低聲嘆著氣說道。

善逸無地自容地蜷縮著身體。

「不過你並不是單純的笨蛋。」

「呃……」

「是大笨蛋。」

「…………」

就在善逸把身體縮得更小的時候，慈悟郎稍微放軟了語氣。

「你是個溫柔的大笨蛋。」

「爺爺……」

善逸驚訝得抬起臉，慈悟郎隨即伸手覆上他的頭。

那手掌又大又粗糙。

是曾以柱的身分殲滅惡鬼、拯救過許多人的手。

善逸總是夢想著能夠變成那樣——

自己崇拜的人有雙既強大又溫柔的手。

「你做得很好。不僅沒拋下那女孩，還克服了恐懼挺身而戰。」

「…………幫她的人是爺爺啊，我什麼都辦不到。」

聽到善逸垂頭喪氣地這麼說，慈悟郎露出傻眼的表情。

「怎麼？你以為是我打倒了那隻鬼嗎？」

「咦？難道不是嗎？爺爺趁我昏過去的時候——」

「擊敗惡鬼的是你喔，善逸。」

「呃……」

善逸不解地瞪大了眼睛。

（咦……？這話是什麼意思？不是爺爺打倒了那隻鬼嗎？為什麼要說是我打倒的呢……咦咦？）

善逸一時之間陷入混亂，不過他猜想或許可以用唯心論來解釋。

（因為我沒有逃離惡鬼，爺爺才願意出手相助——所以等於是我打倒的嗎？爺爺的意思一定是這樣吧？不過省略太多了，我根本聽不懂啊。）

當善逸像這樣自圓其說、不住點頭時，慈悟郎出聲叫喚徒弟的名字：「——善逸。」

那是進行劍術修行時的嚴厲口吻。

「你知道何謂好劍士嗎？」

「呃……當然是厲害的劍士啊。就像爺爺一樣。」

聽到善逸這麼回答，慈悟郎似乎覺得有點害臊，一下子就臉紅了。

他清了清嗓子說：

「那你認為厲害的劍士有什麼必要條件？」

「呃……這、這個嘛……」

「是溫柔。」

面對支支吾吾的善逸，慈悟郎諄諄教誨道。

「溫柔能讓人心變得無比強韌。為別人揮舞的刀具有舉世無雙的威力。你要成為這樣的人啊。」

平常總是怒氣沖沖的老師父，此刻卻流露無比溫柔的眼神，看著不成材的徒弟。

「無論何時都要體恤弱者，並且挺身保護他們。這是明白何謂軟弱的你才辦得到的事情。」

「……──」

看見慈悟郎投來的柔情眼神，以及給予自己的溫馨鼓勵，善逸的喉頭與眼角頓時一熱，鼻腔內也湧現酸楚。

「只要不失去那份溫柔，你一定能成為好劍士。」

「爺爺……」

眼淚潸然而下。

「我……我…………」

「…………」

面對抽抽搭搭哭個不停的善逸，慈悟郎只是溫柔地撫摸著他黃色的頭髮。

✵

「──……」

那天也是新月之夜。

（不曉得小百合現在怎麼樣了……）

善逸瞇起雙眼，看著隨風搖曳的黃花。這時，某人猛力拉扯他的衣袖。

低頭望去，只見禰豆子露出了不滿的表情。

善逸見狀猛然回神。

「啊，對不起，禰豆子！我馬上做給妳喔。」

「唔——!!」

「抱歉，我恍神了。好，我幫妳做個漂亮的花圈作為賠禮。對了，幫妳哥哥和伊之助那個笨蛋也做一個吧？」

善逸以爽朗的語氣這麼說完，禰豆子便開心地面露微笑。

「嗯——！」

「啊哈哈。」

看到禰豆子的笑容，善逸也不禁露出微笑。

小百合一定跟那位溫柔的戀人，過著幸福快樂的生活吧。

自己依舊軟弱、愛哭、膽小，老是只會逃跑。

實在無法成為當時爺爺口中強韌的刀。

老實說，善逸甚至不明白自己到底算不算溫柔。

（不過總有一天……）

一定會的——

在心中立誓的同時，少年為可愛的少女摘下了這片原野最美麗的花。

第3話
占卜騷動始末記

「——面帶女難之相。」

「咦……？」

聽到人潮中傳來的驚人之語，炭治郎停下腳步。

一旁的善逸與伊之助也跟著停了下來。

炭治郎睜大眼睛四下張望，發現有位個頭矮小的老婦人站在十字路口。老婦人頂著花白的頭髮，滿臉皺紋，身穿淡紫色和服。

「…………」

當炭治郎投以疑惑的眼神時，老婦人輕輕搖了搖頭，斬釘截鐵地說：

「不是你。」

炭治郎轉而望向伊之助。

「也不是那個豬頭，是那個金毛。」

「咦？」

聽了老婦人說的話，原本呆立一旁、置身事外的善逸露出吃驚的表情，用食指比著自己的鼻子。

「呃……難……難道是我嗎？」

「──嗯。」

老婦人煞有介事地點了點頭。

「老婆婆，什麼是女難之相啊？」

炭治郎這麼問完，老婦人嚴肅地回答：

「女難是指男性因為女人緣而蒙受災難，那位少年臉上出現了這種面相。」

「這老太婆在胡扯什麼啊？是不是腦袋有毛病啊？」

「伊之助！」

炭治郎出聲斥責了伊之助。

「沒禮貌的傢伙!!我才不是老太婆呢!!」

老婦人以駭人的嗓音這麼一吼，炭治郎和善逸不禁嚇了一跳。

「不然是老頭子嗎？」

伊之助卻不以為意地說道。

「反正都差不多嘛。老人就是老人。」

「——我不會害你的，今天一整天都不要接近女人。」
老婦人似乎決定忽視伊之助了。
老婦人彷彿要望穿善逸的雙眼，目不轉睛地盯著他。
「給我盡量避開女人。」
同時鄭重地命令道。
「可以的話，最好連話都別說。」
「這也太誇張了吧……」
善逸笑著尋求炭治郎的贊同。然而老婦人接下來說的話，讓他原本略顯生硬的笑容完全僵住了。
「你會死喔。」
「!!」
「萬一有哪個女人愛上了你，到時候你就死定了，而且還會以你想像得到的最淒慘方式死去。這點你千萬要記得。」
這麼說完，老婦人往懷裡摸索一陣。
她掏出一張破破爛爛的符紙。
磨損泛黃的紙面上寫著文字，卻幾乎無法辨識。

「……雖然只能圖個心安，但你還是拿著吧。」

把符紙硬塞進善逸手中後，老婦人便從三人面前離去了。她也沒有漫天開價，索討高額占卜費或符紙錢。不過這樣反倒更令人毛骨悚然。

善逸仍舊僵立原地。

整個人像是失了魂。

「善逸……？」

炭治郎戰戰兢兢地開口關心。

「啊————————！！！！！！（難聽的高音）」

無法以裂帛形容的醜惡悲鳴——迴盪在人群之中。

✵

「拜託……到底是怎樣啊？說我會死……好可怕啊啊啊啊啊啊啊啊啊啊啊啊啊。」

善逸六神無主地緊抓著炭治郎的外掛，所有能流的液體都流到臉上了。

「都已經要回去了……幹嘛說我會死掉啊？莫名其妙！簡直莫名其妙!!」

「善逸……」

炭治郎也不是不能體會他的心情。

昨晚在村外完成任務後，三人就近前往有著紫藤花家紋的人家休息，如今才要返回蝴蝶屋，途中順便在這裡買些點心作為伴手禮。

『方便的話，回來時請買些點心吧。』

請託者是蝴蝶屋的主人・胡蝶忍。

自從無限列車的任務以來，三人不顧一切地埋頭鍛練。阿忍大概也很擔心他們吧。

不愧是大城鎮，放眼望去盡是稀奇的玩意兒。

伊之助一開始異常害怕人群，老是躲在炭治郎背後。

『喂！那是啥啊!?』

『馬兒拉著好大的箱子耶!!』

『那些傢伙為什麼穿得那麼奇怪？』

『好像有股香味!?是裹著麵衣的那個嗎!?』

如今他卻顯得興奮不已。

『……這傢伙有夠丟臉的。』唯一習慣都市的善逸雖然露出了不耐煩的表情，卻非常認真地為蝴蝶屋的女孩子們挑選禮物。

他回想著蝴蝶屋裡常見的點心，這也不是那也不對地爭論了好久，最後選定了最保險的饅頭。

在深受女性喜愛的店裡按人頭買完饅頭，正準備打道回府的時候，卻突然被宣判死刑。

換作是其他人也會驚慌失措吧。

「不要啊啊啊……為什麼是我!?為什麼!?你說為什麼啊!?嗚啊————!!!!」

「善逸，你冷靜一點。」

「嘩——嘩——嘩——嘩——這傢伙好吵啊。」

在炭治郎努力安撫哭得抽抽搭搭的善逸時，伊之助不屑地說：

「是男人就別囉哩囉嗦的，拿出氣魄來!!」

「好過分!!」

善逸怒目相視。

「伊之助太過分了!!我自己也隱約明白啊，不過你真的太過分了!!我可能會死耶!?而且人家還說我會死得很淒慘呢!!」

「伊之助，你也考慮一下善逸的心情嘛。」

炭治郎對善逸心生同情，便開口緩頰。

「突然被人這麼說，任誰都會感到驚嚇吧？」

「那不過是老太婆的胡言亂語罷了。」

「不是胡言亂語，是占卜。」

「還不都一樣？」

伊之助冷漠地說道。

炭治郎猜想他可能連占卜是什麼都不知道。

「聽好了，伊之助。所謂的占卜啊……」

便打算從頭開始講解。

「不管靈不靈驗，反正也就是算卦而已嘛。」

意外的是，伊之助似乎擁有相關的知識。

炭治郎驚訝地瞪大眼睛。

「你竟然知道呢，伊之助。」

「是啊。畢竟我是老大啊！」

被炭治郎這麼一誇，伊之助得意地挺起胸膛說：「帶著不爭氣的小弟可真辛苦呢。」

平常善逸總會吐槽說：『你算哪門子老大啊!?』『我可沒打算當你的小弟喔！』如今的表情卻有如陷入絕境的小動物，渾身顫抖地聽著兩人的對話。

「──嗯。」思考了一會兒後，炭治郎點頭應聲，轉而面向善逸。

「伊之助說的確實有道理喔，善逸。」

「…………」

被點到名字的友人肩頭一顫，默默投來害怕的目光。

「世上沒有絕對靈驗的占卜師。也不可能會有。」

如果真有這種人存在，那已經是神了，根本不是人類。

因為突然遭到恐嚇，不光是善逸，連炭治郎也亂了方寸。

要是純粹當成占卜來看，那就不必過於提心吊膽了。

聽到炭治郎這麼說──

「也……也對。」

善逸總算露出放心的表情。

他吸了吸鼻水說：

「這麼說起來，那個老婆婆顯然很可疑呢。她肯定是騙子──」

「那個十字路口有個神機妙算的占卜師？」

突然傳來女性愉悅的嗓音，蓋過了善逸所說的話。

「!?」

善逸渾身一僵，立刻躲到炭治郎背後。炭治郎和伊之助朝聲音的源頭望去，只見衣著華美的女孩們正有說有笑地走來。

「對啊。聽說是個滿頭白髮、穿著淡紫色和服的老占卜師──」

「真的百發百中嗎？」

「好像是真的喔。我的朋友遵照那位占卜師的建議，很快就覓得良緣，即將在半個月後訂婚呢！」

「啊啊……真是太棒了!!」

「不過也有人不理會那位占卜師的警告，因而受了重傷喔。」

「天啊，好恐怖喔！」

「只要照著吩咐去做就沒事了。」

「哎呀，不過好像沒看到類似的人耶。」

「真的呢。到底跑去哪兒了呢……？」

可愛的女孩們四處尋找占卜師。

善逸的目光鎖定了那兩人。

不過他並沒有像平常那樣露出下流——應該說癡迷的表情。他蒼白的臉僵硬得有如蠟像，額頭更是冷汗直流。

此外還聽得到喀啦喀啦的奇怪聲響，原來是牙齒打顫的聲音。

（不妙啊……）

「善——」

炭治郎正準備提醒善逸的瞬間——

「呀啊啊啊啊啊啊啊啊啊啊啊啊啊啊啊啊啊啊！！！！！！！！！！！！」

善逸嘴裡發出了像是雞被掐死的慘叫聲。

旁人的目光頓時聚集過來。

剛才那兩位女孩驚呼一聲，勢如脫兔地迅速離開現場。

「看吧!!看吧!!很準耶!?人家說百發百中耶!?」

「給我振作一點!!」

炭治郎抱住宛如蝦子般仰身拱背的善逸，使勁地拉扯他的臉頰。

這麼做原本只是為了要讓善逸恢復理智，沒想到他反而開始尖叫。

「呀!?什麼啊!?你幹嘛啦!?」

「你要把持住自己啊！」

「把持個頭啦！話說很痛耶!?」

「別屈服於占卜啊，善逸。」

「我辦不到啦!!那兩個女孩不也說了!?死定了！今天我就要死了!!嗚嘻嘻嘻嘻……」

善逸驚恐不已，甚至發出了令人毛骨悚然的笑聲。

就在炭治郎不知如何是好時，先前保持沉默的伊之助咂著舌說：

「──嘖，一群丟人現眼的小弟。你們這些傢伙，撇開笨蛋紋逸不說，總一郎，連你也沒聽清楚那個老太婆說的話嗎？」

他把豬頭湊向兩人。

炭治郎微蹙著其中一邊眉頭。

「伊之助，你的意思是？」

「女難是指男性因為女人緣而蒙受災難吧？」

「啊啊，的確是這樣沒錯。」

聽說善逸就帶有這種面相。

「你覺得這傢伙有可能嗎？」

「…………」

「那肯定是在鬼扯啦。」

伊之助斬釘截鐵地說道。

「原來如此。」

遲疑了一會兒後，炭治郎點了點頭。

「好過分！！！！」

善逸大吵大鬧起來。

「你們也未免太過分了吧!?怎樣!?意思是我沒女人緣嗎!?不可能有女性會喜歡我嗎!?伊之助就算了，炭治郎也是這麼想的嗎!?看你一副慈眉善目的樣子!!可惡！！！！」

善逸叫得撕心裂肺，幾乎要流下血淚。

「不，我不是那個意思——」

勉強自己說出違心之論並不好受，不會撒謊的炭治郎慌亂不已。他提高嗓門說：

「總之，還是趕快回蝴蝶屋吧。」

那裡有阿忍在。

要是聽到阿忍溫柔地說：『區區占卜，沒什麼好在意的。』想必善逸也會冷靜下來吧。只要拖過今晚，隔天他肯定就會把占卜這件事情忘得一乾二淨。

炭治郎暗自盤算。

「不行!!」

然而下一秒，善逸卻突然大叫。

「不能回蝴蝶屋！炭治郎!!」

「？為什麼？」

沒想到善逸竟然會反對。炭治郎不禁露出困惑的表情。

「有什麼問題嗎？」

「我說啊……你真的不知道嗎!?那裡有六個女孩子耶!?聽清楚了，是六個喔!?」

善逸屈指細數，有阿忍、加奈央、小葵、千代、須美和菜穗。

聽他這麼說完，炭治郎還是摸不著頭緒。伊之助也一臉不耐煩地看著善逸。

「那又怎麼了？善逸。」

「如果她們之中有誰對我產生情愫，那該怎麼辦啊!?要是有誰向我告白呢？那我豈不是死定了！而且那女孩也未免太可憐了吧!?愛上我卻反而害死了我喔？這簡直是悲劇嘛!!」

即便善逸特意解釋，炭治郎仍舊不明白。

「這傢伙還是一樣噁心呢。」

「…………」

伊之助在一旁低聲碎唸。

炭治郎不知該對可憐的朋友說些什麼。

「——我決定了。」

這時，善逸以認真的口吻呢喃說道。

「我今天一整天都要徹底避開女生!!炭治郎和伊之助負責保護我，免得女孩們愛上我！明白嗎!?要全力保護我喔!!為了禰豆子，我非得活下來不可!!」

「乾脆把這傢伙丟在這兒吧。」

「不……那可不行啊。」

伊之助和炭治郎爭論不下，善逸卻沒把兩人的話聽進去。

大概是想到了關於禰豆子的事情吧——沉溺於想像的善逸熱淚盈眶。

在旁人眼裡看來確實很噁心。

「那就隨便找個地方丟吧。」

「就說不行了，伊之助。」

「不要緊的，禰豆子！我絕對不會死！我一定會從這次危機中倖存，並且帶給妳舉世無雙的幸福……!!放心嫁給我吧!!」

善逸因為自身的妄想而噴淚，用力握緊了拳頭，根本不把伊之助的酸言酸語和炭治郎的愁眉苦臉當一回事。

✵

「歡迎光臨。」

「!!」

踏入店內的瞬間，一位女店員便帶著爽朗的微笑迎面而來。

這裡是面對大馬路的咖啡廳。

由於善逸拒絕回蝴蝶屋，再加上伊之助也餓了，為了滿足兩人，大夥兒才來到這家咖啡廳。不過才剛進店裡，炭治郎就明白這個決定是錯的。

（怎麼辦？到處都是女生……）

不愧是大城鎮的時髦咖啡廳，店裡充滿了女客人。

打扮得漂漂亮亮的妙齡女子們遠遠看向這邊。

女店員在和服外披著西式白圍裙，笑盈盈地走了過來。梳理整齊的黑髮底下流露出溫柔的眼神。

「請問幾位？」

不出所料，女店員這麼問完，善逸立刻緊摟著炭治郎的右臂，另一隻手緊抓著老婦人給的破符紙，渾身抖個不停。

不僅如此——

「咿————————!!」

他還發出恐嚇般的咆哮聲。

「呀。」

女店員的笑容瞬間僵住了。

「對不起。」

這時同樣也是炭治郎負責低頭道歉。

「請……請坐裡面的位子……」
女店員用異常尖細的嗓音為三人帶位。
她整個人驚恐不已，甚至沒把伊之助的豬頭放在眼裡。
不過此情此景——如今在善逸眼中也宛如對自己動心而害羞的少女。
「怎麼辦怎麼辦怎麼辦怎麼辦怎麼辦怎麼辦怎麼辦？」
善逸碎唸個不停。
「要是她愛上我該怎麼辦……要是她愛上我該怎麼辦……要是她愛上我該怎麼辦……」
「善逸……」
「哈啊哈啊哈哈啊哈哈啊呼哈……」
看到善逸不尋常的喘息、汗水與顫抖，連炭治郎都感受得到他的緊張。尤其鼻息和手汗特別誇張。
「我說善逸啊，你可以稍微冷靜一點嗎？」
雖然炭治郎婉言相勸，善逸卻惱羞成怒，全身寒毛倒豎。
「說什麼鬼話啊！難道我死了你也不在乎？我不在了你也無所謂？你這傢伙也太不夠朋友了吧！」
「不是的。善逸死了我怎麼可能不在乎啊？我只是覺得沒必要那麼害怕——」

可惜善逸根本聽不進去。

他依舊渾身顫抖，不斷碎唸著怎麼辦。

炭治郎無奈地望向伊之助，他卻嗤之以鼻，一副『早跟你說過了』的態度。

「當初還是應該聽我的話拋下他才對。」

「別這麼說嘛。伊之助是老大吧？」

「！也是啦。喂，紋逸，走囉!!我會保護你，誰叫我是老大嘛。」

伊之助突然心情大好，猛力拍了拍善逸的背。

女店員帶領三人來到了——店裡最深處的邊角桌位。明亮的店內不知為何就只有那裡特別昏暗，空氣也有點凝重。

他們顯然是被趕到這裡，免得影響到其他客人，不過這樣反而好。

善逸迅速坐進裡面的位置，在椅子上抱緊了雙腿。

炭治郎坐在旁邊，對面則是伊之助。

拿起菜單後——

「看不懂。」

伊之助劈頭就是這句話。

「這個字唸『ㄅ』、『ㄧ』、『ㄙ』，剛好有伊之助的『ㄧ』。」
「是本大爺的『ㄧ』!!」
「這唸『ㄑ』、『ㄧ』、『ˊ』，這唸『ㄌ』、『ㄧ』『ㄣ』、『ˊ』。」
炭治郎像是在教弟弟，一個字一個字唸給伊之助聽。

「咿——————————！！！！！！！！！！！！！！！！！！！」

一旁的善逸突然放聲慘叫。
炭治郎嚇了一跳，問道：
「怎麼了？」
善逸伸出顫抖的手指向坐在遠處的少女。
「那個女孩一看到我就僵住了……她肯定是愛上我了。」
「抱歉，我完全聽不懂善逸在說什麼。」
炭治郎面有憾色地說完，善逸便動作浮誇地搖了搖頭。
「可是每個人都在看我啊……女店員可能也愛上我了……嗚嗚……該怎麼辦啊？炭治郎。」

善逸的語氣十分絕望。

「這傢伙沒救了。」

「伊之助。」

「雖然這傢伙原本就很噁心，但現在已經病入膏肓了吧，他連妄想和現實都分不清楚耶？」

「……伊之助。」

聽見友人大剌剌地說出難以啟齒的事實，炭治郎趕緊輕聲制止。

這時，另一位女店員來點餐了。

「請問……三位要點什麼呢？」

對方明顯在提防善逸。大概是因為這個關係，她的聲音顫抖著，並且微微飄高。

善逸見狀又會錯了意，開始發抖。

「咿！這個人一直在偷瞄我……她肯定是打算跟我告白……好可怕好可怕好可怕好可怕好可怕好可怕好可怕——」

「不要太過分了，善逸。」

炭治郎往失去理智的善逸頭上揍了一拳。

「沒看到她很害怕嗎!?別造成店裡的人困擾啊！」

雖然沒有打得很用力，友人卻突然翻起白眼，整個人放鬆地趴在桌上。

場面總算恢復平靜後——

「對不起，驚擾大家了。」

炭治郎再度低頭道歉。

「不、不會——」

女店員早已淚眼婆娑。雖然炭治郎也想趕快放她離開，但菜單上盡是從名字看不出個所以然的品項。

就在炭治郎不知如何是好時——

「喂，那個看起來好像很好吃耶？」

伊之助伸手一指。

炭治郎轉頭望去，只見坐在附近的女性正拿著湯匙，吃著玻璃容器裡狀似白色饅頭的食物。

從女性的神情看來，那食物似乎十分冰涼。容器裡還附上像是仙貝的細長物體。

滋味確實令人好奇呢。

「給我們三份那個。」

炭治郎點完餐後——

「好的。」

女店員明顯露出鬆了口氣的表情。她輕輕笑了笑，隨即逃也似地離開桌邊……

❋

「久等了。這是本店的招牌冰淇淋。」

點的東西飛快地送上桌，然而送餐的又是另一位女店員。

這次是體格壯得嚇人的女性，連相撲力士都相形見絀。光是手臂就有炭治郎和善逸的大腿粗，肌肉更是比伊之助還飽滿結實。

「因為容易融化，請盡快享用。」

「哇，謝謝——」

炭治郎笑著道謝。好戰的伊之助則被那得天獨厚的肉體激起鬥爭本能，掙扎著要不要挑戰對方。

「呀呼！好期待呀!!」

幸好伊之助被眼前的美食迷住了，完全顧不得其他。

他脫下豬頭，興高采烈地握著湯匙。
豪邁地舀了一大匙送進口中後——
「喂……喂。」
伊之助發出讚嘆之聲。
仔細一看，他感動得渾身顫抖。
「這超好吃耶!?這是什麼啊!?」
「聽說這叫冰淇淋喔。」
炭治郎覆述一次剛才女性說的餐點名稱——
接著自己也吃了一口。
「真好吃！」
炭治郎雙目圓瞠。滋味跟饅頭截然不同，極度甜美冰涼、入口即化。
「好吃好吃好吃好吃好吃好吃！」
伊之助連聲高呼、大快朵頤。
吃著美味的食物時，伊之助基本上是無害的。而且從平常的豬頭根本無法想像他有張俊美的臉，要說是白皙的美少年也不為過。
或許是因為這個緣故，店裡的女性都把視線集中在伊之助身上。

——這時，善逸不知為何醒來了。

「啊!?」

「你醒啦？善逸。」

炭治郎鬆了口氣說：

「冰淇淋送來囉。真的很好吃喔。吃完這個，你一定也會舒坦一些的。」

面如槁木的善逸卻置若罔聞。

「總覺得有人在看我……」

「咦？」

「『咦』什麼『咦』啊！你沒注意到那些女生熱烈的眼神嗎!?怎麼辦!?我要死了喔!?死法還是可以想見的情況中最淒慘的那種喔!!」

「你冷靜點，善逸。這樣會給店裡的人添麻煩耶？」

「不要啊啊啊啊啊啊啊!!禰豆子、爺爺，救救我啊啊啊啊啊——————！！！我還不想死啊啊啊啊啊啊啊啊！！！！！」

「善逸!!」

「不好意思，這位客人。要是您繼續在店裡大吵大鬧，我就只好請您出去了。」

就在善逸不顧炭治郎的制止，自顧自地大聲鬼叫時，那位強壯的女性委婉地提出警告。

善逸目不轉睛地盯著她。

「呃……什麼……妳說『這位客人，我喜歡您。因為太害羞了，能請您出去嗎』……？」

錯得離譜的善逸當場便開始發抖。

「咿————————！！！！我被告白了!!這是告白啊!!不要啊啊啊啊啊啊啊啊啊啊啊！！！！」

善逸扯開嗓子大叫，立刻推開鄰座的炭治郎衝出店門，根本沒有機會阻止他。

「善逸……——」

炭治郎錯愕地看著友人的背影離去。

不曉得是不是受了很大的驚嚇，善逸連緊緊攢在手中的符紙都忘了帶走。

坐在對面的伊之助依然忘情地大啖冰淇淋，連善逸跑掉了都沒發現。

炭治郎輕輕拾起友人留在桌上的符紙。

這時——

「客人，請問……那張符紙是在哪兒拿到的呢？」

女店員蹙起眉頭，以嚴肅的口吻問道——

✸

「怎麼辦……善逸到底去哪裡了啊？」

炭治郎在人群中四處尋找善逸。

如果是在山裡，很容易就能發現那頭金髮，不過這裡充滿了各種色彩，人們的打扮也是千變萬化，要找出友人勢必得花上一番工夫。

女店員——名叫小彩——表示，最近出現冒牌占卜師假借十字路口知名占卜師的名號，以惡質的謊言嚇唬路上行人為樂。之前店裡的客人也碰過冒牌貨，當時對方拿給她看的符紙，就跟善逸帶著的那張一模一樣。

聽完炭治郎描述剛才發生的事情，小彩深感擔憂與同情。

『我等等就下班了，到時候再跟你們一塊兒找吧。』

而且我對這個城鎮也很熟——心地善良的女孩如此說道。炭治郎當然樂意接受她的幫忙，可惜怎麼樣都找不到善逸。

（莫非善逸萌生了厭世的念頭……不可能吧。）

腦海中盡是湧現不好的想法，畢竟善逸已經瀕臨崩潰邊緣了。

「沒有那個笨蛋的『氣味』嗎？」
「雖然我從剛才開始就一直在找，但強烈的氣味不斷地干擾我，害我聞不出來……」
炭治郎蹙起了眉頭。
小彩說這種氣味叫『香水』，主要來自女性身上，其中也有十分刺鼻的類型。所以炭治郎的嗅覺也派不上用場。
「我跟小彩在這邊找，伊之助去那邊——」
炭治郎說到一半——
「找到了！！！」
小彩突然大叫。
他順著小彩指的方向望去，那確實是邊走邊哭的善逸。
炭治郎見狀鬆了口氣。
「善———」
「客人啊———————！！！」
炭治郎正準備出聲呼喚的同時，小彩卻踏著重重的腳步衝了過去。
善逸驚叫著跳了起來，當場無力地癱坐在地。他八成是怕得腿軟了吧。
就在善逸死心地閉上眼睛時——

「拉車的馬匹逃走了————————！！！！！！！！」

馬路上響起了男性的怒吼聲。

周圍一下子掀起騷動。

「快逃啊————！！！！」

「呀————！！！」

「救命啊啊啊啊！！！！」

人們東逃西竄，到處都傳來慘叫聲。

炭治郎環顧四周。小彩正準備奔向善逸時，馬兒從她的右側出現了。牠高高抬起了腳。

「伊之助！」

「瞭解!!」

炭治郎號令一出，兩人幾乎同時採取行動。

不過迅疾如電的某種物體，卻更加迅速地把小彩帶離馬兒腳下。

「……——？」

炭治郎不禁雙目圓瞠。
宛如閃電的物體正是善逸。
友人用雷之呼吸救出了小彩。
「那傢伙挺行的嘛。」
伊之助低聲呢喃。
「以一個軟腳蝦來說算很厲害了。」
他來到失去目標後大肆作亂的馬兒面前，惡狠狠地瞪了一眼。
剎那間，馬兒變得比小狗還要乖巧溫順。
（不愧是伊之助……）
安心下來的炭治郎突然想到善逸——便拉回視線。抱著小彩的友人，被情緒亢奮的群眾包圍了。
「幹得好啊，小子!!」
「剛才那是怎樣!?好快喔!?」
「大哥哥好帥啊！！！」
「厲害喔！！！小哥！！！」

人們紛紛讚揚善逸的義舉，當事人卻是一臉無暇顧及其他的表情。

或許是因為小彩太重了，只見善逸面色蒼白，不停打著哆嗦。

「善逸，你還好嗎——？」

雖然炭治郎立即趕了過去，卻被人牆擋著無法靠近。當他好不容易鑽進最前方時，被善逸抱在懷裡的小彩，正流露出格外嬌媚的眼神仰望友人。

「客人……您為了我……」

「……沒、沒有啦……這、這不算什麼……身、身、身為一個人，這、這、這麼做是應該的。」

「多麼英勇謙虛的人啊……」

小彩心蕩神馳地呢喃自語。

當下的氣氛彷彿即將吐露出愛的告白。

善逸的眼神死命飄移。不過當他望向圍觀群眾試圖求救時，視線卻倏然而止。

他的臉色變得像屍體一樣慘白。

炭治郎覺得奇怪，便順著友人的視線望去，這才發現那位冒牌占卜師。

「伊之助！」「包在我身上!!」

伊之助穿越人群，奔向冒牌占卜師。

然而——

「咦？哎，這、這位客人⁉您沒事吧⁉客人——————！！？」

聽到小彩的叫聲，炭治郎趕緊回頭。

友人竟然抱著小彩失去了意識……

✽

待善逸醒來，炭治郎解釋了整個情況，同時安撫逮到冒牌占卜師的伊之助，免得他把人家的頭髮拔光。接著，三人在小彩的目送下離開城鎮，日落後才抵達蝴蝶屋。

「哎呀呀，真是辛苦你們了。」

聽完事情的來龍去脈後，阿忍溫柔地慰勞他們。

千代、須美和菜穗三人也義憤填膺地說：「善逸先生好可憐啊。」「您還好吧？」「竟然欺騙路人，真是太過分了。」極度失落的善逸聽了，這才重新打起精神。

小彩是咖啡廳老闆的姪女，為了答謝善逸救了寶貝姪女一命，老闆送給他們巧克力和牛奶糖等大量點心……所以女生們都非常開心。

而她們的喜悅就是善逸的喜悅。

「不過伊之助從一開始就很冷靜呢。」

喝著小葵和加奈央泡的茶，炭治郎大力誇獎友人。

「啊？」正在吃巧克力的伊之助，疑惑地抬起頭。

他吃得滿嘴都是巧克力。

「好髒！」

小葵怒聲斥道。

「這傢伙肯定是覺得我沒女人緣吧。」

善逸鬧起彆扭。

「不然就是根本不關心我的死活，所以才會那麼冷靜。」

不過意外的是——

「一看到那個老太婆，我就有種討厭的感覺。」

伊之助給了不同的答案。

「直覺告訴我她早就想好了話術，正準備找個人說出口。正常的占卜師不會這麼做吧？我說啊，你常用的『聽覺』怎麼了？難道你沒聽見嗎？」

「…………」

善逸露出猛然驚覺的表情。

看來他完全忘了這回事。

看著低頭不語的善逸——

「你果然很笨呢。」

伊之助又補了一刀。

「要不要趁這次機會改名笨逸啊？」

「……少囉嗦。」

善逸回嗆的語氣少了往常的氣勢。

不過這點炭治郎也一樣。雖然當時心慌意亂，他卻沒能聞出冒牌占卜師充滿惡意的『氣味』。當炭治郎深刻反省著自己時，加奈央往空茶杯裡重新添加茶水。

「謝謝妳。」

「…………」

「加奈央也吃過巧克力了嗎？很好吃喔。」

炭治郎遞出巧克力，可是不知道為什麼，加奈央卻滿臉通紅地躲到附近的阿忍背後。

是因為沒擲硬幣，所以不肯拿嗎……感覺也不像啊。

（她到底是怎麼了？）

炭治郎不解地歪著頭。

「哎呀～我說炭治郎啊，氣氛挺好的嘛。」

「怎麼了？善逸。你的表情很恐怖耶。」

「看你長得一副人畜無害的樣子……要是敢比我更快獲得幸福，我會詛咒你喔？」

「？？？」

眼紅不已的善逸咬牙切齒地逼近炭治郎，彷彿隨時要詛咒他。

炭治郎摸不著頭緒，一時之間不知如何是好。阿忍見狀露出微笑說：

「——好了好了。反正善逸也沒事嘛。不僅順利完成任務，回程途中還逮到了冒牌占卜師，你們這批同期隊士真的很優秀呢。」

她的笑容緩和了現場的氣氛。

✵

由於小葵幫忙燒好了新的熱水，三人便前往澡堂。
「我不想泡澡，沖一沖身體就好。」
儘管伊之助抱怨連連，炭治郎還是把他拖過來了。
「…………謝謝你們的幫忙。」
這時，背後傳來微弱的聲音。
炭治郎，還有伊之助。
雖然音量真的非常小聲，卻顯得格外真誠，又有點害臊。
「——？善逸？」
回過頭時，在那裡的已經是平常的善逸了。
「唉——今天真是累慘了。」
善逸一臉不耐煩地嘟囔著說道。
然後——
「我先去洗囉。」
這麼說完，他便快步前往澡堂。
「……——」
炭治郎瞇起眼睛看了看友人倔強的背影，不經意地露出微笑。

『你們這批同期隊士真的很優秀呢。』

他的耳邊響起阿忍的聲音。

是這樣嗎？

雖然不曉得是不是因為打從成為隊士的時候，他們就一直在一起的關係。

但炭治郎很慶幸能在鼓屋的任務中認識這兩人。

有些事情也是因為有他們在才能克服。

自己才不至於被難以招架的悲傷擊倒。

幸好自己不是孤單一人。

「要我下去泡也行，但我不洗身體喔。」

「不行。小葵也說過了吧？進浴池前要先把身體洗乾淨。」

「那個煩人的小鬼！」

「不可以說這種話，她也是為了大家著想啊。好了，快走吧，伊之助。」

炭治郎拖著另一位友人，再度露出了微笑。

從緣廊望出去，夜空中滿是閃爍的星子，感覺隨時都會墜落——

第4話

小葵與加奈央

我很怕加奈央。

但不是討厭她，只是不擅於跟她相處。她並沒有得罪我，也沒有跟我發生過明確的衝突。

一言以蔽之，栗花落加奈央是個宛如人偶的少女。

就算主動攀談，她也不會回話。她總是帶著空洞的笑容，任何事情都無法自己作主，只能靠擲硬幣決定。

看到加奈央這個樣子，性急的我總是暗自焦急，有時甚至覺得厭煩。

雖然我的年紀較為年長，加奈央的階級卻遠遠在我之上。畢竟她在獵鬼這方面才華洋溢，年紀輕輕就被選為傳承柱之技藝的『繼子』。

另一方面，我只是僥倖在遴選中倖存下來的廢物，之後就因為太害怕而無法累積實戰經驗。多虧宅心仁厚的阿忍大人，我才得以留在蝴蝶屋，負責照顧受傷的隊士，並協助痊癒的隊士進行復健訓練。

殺不了鬼的隊士有存在的價值嗎？

當然不可能有。

我是鬼殺隊的包袱。

或許是因為這個緣故，每次面對加奈央，我總是特別心慌意亂。在發現那是自卑感後，我再也受不了卑微的自己了。

我愈來愈討厭自己……

這時，某人對我說——

『葵小姐幫助過我，所以已經算是我的一部分了。我會將葵小姐的想法帶到戰場上去。』

那個人說我這種廢物是自己的一部分，還要把我那無處宣洩的心情一起帶上戰場——

他的話裡行間不帶任何誇耀與猶豫，同時露出太陽般的笑容這麼對我說。

所以我也想要努力，在力所能及的範圍內全力以赴……

（可是……）

奉命隨同音柱大人出任務時，我的身體不受控地發著抖。想起跟鬼對峙的恐懼，我甚至無法保護菜穗。

『加奈央！加奈央!!』

我像個傻瓜一樣不斷重複這句話。
加奈央卻握住了我的手。
她沒有擲硬幣，只是蹙起眉頭咬緊牙關。無論音柱大人說了什麼，她都沒有鬆手。
我還沒為當時的事情向她道謝——

✵

「外出採買嗎？」
「是的。麻煩妳們兩個了。」
我被身為頂頭上司的阿忍叫去房間，本以為她會為了音柱一事訓斥我，實際上卻不然。
話說回來，阿忍很少吩咐我們一起去買東西呢。
小葵偷看了一眼坐在身旁的加奈央。
加奈央帶著跟平常沒什麼兩樣的表情注視著空中，完全看不出她在想些什麼。
「要妳們幫忙帶的藥材都寫在這上面了。」

這麼說完，阿忍面露微笑。

跟沉默寡言的加奈央單獨外出——如果是以前，哪怕受敬愛的阿忍所託，心情還是不免鬱悶沉重。

不過對於現在的小葵來說，這種情況正如她所願。

想到總算可以為當時的事情道謝，小葵立刻低下頭說：

「我知道了。那我們出發了。」

「拜託妳們囉。炭治郎他們完成這次任務後，大概也會回來這裡吧。」

阿忍不以為意地接著說道。

不過小葵聞言卻嚇了一跳。

「雖然有宇髓在應該不用擔心，但還是盡可能做好準備，等候他們回來吧。」

「…………」

沒錯。他們是代替自己去的。

（都怪我太沒用了……）

小葵悄悄咬住嘴唇，但願這次的任務不會太危險，不過那只是自以為是的奢望。勞駕柱出動的任務，不可能只是剿討小嘍囉那麼單純。

潛入無限列車剿討惡鬼時，他們也是滿目瘡痍地回來。他們無論身心都受到重創而變得殘

破不堪，令人不忍卒睹……

而且這次還是自己害的。

（……一定要平安無事啊——）

小葵懷著想要放聲大哭的心情認真祈禱。

（大家一定要一起回來……）

擱在膝頭上的指尖抖個不停，止也止不住。

小葵有感於自己的不爭氣，緊緊地閉上了雙眼。

✵

阿忍常去的藥材行位於大街，與蝴蝶屋有段距離。

小葵也跟著阿忍來過好幾次。

「歡迎光臨。」

老闆出聲招呼，小葵記得那張瘦得有如乾癟茄子的臉。

「我想請您幫忙找藥材——」

加奈央基本上都不說話，小葵便拿著阿忍給的字條提出各種要求。對於老闆鑑別藥材的眼光，她倒是不太擔心。

然而到了結帳的時候，小葵的臉卻唰地失去血色。

確實收好的錢包不見了……

錢包裡裝著阿忍給的錢，可是現在卻遍尋不著。

往隊服的口袋死命翻找了好一會兒後——

（………………啊。）

小葵摀住了嘴角。

原來她出門前臨時從隊服口袋掏出錢包付錢，於是就這樣忘在桌上了。想到這裡，小葵頓時愣住了。

她平常不可能會犯這種錯。

「…………」

加奈央看了過來，似乎已經察覺了什麼。

「……——加奈央，對不起。」

小葵以嘶啞的嗓音低聲說完，便深深低下頭，鼻子幾乎都要貼到膝蓋了。

「我忘記帶錢包了!!」

加奈央沒有應聲。
小葵羞愧不已，恨不得當場消失……

✸

不巧的是這次是出來採買，不光是小葵，連加奈央也沒帶自己的錢包。
加奈央目不轉睛地盯著平常拿來丟擲的硬幣，神情顯得有些動搖。
「我不會搶走那個啦。」
小葵見狀無力地笑了笑。
由於她們也來過這家店好幾次了，小葵忍辱提出賒帳的請求，然而疑心病重的老闆卻怎麼樣都不肯答應。
「雖然妳這麼說……但咱們畢竟是做生意的。可惜老人家出門了……我自己沒辦法做主。」
老闆推託著說道。
「話說回來，妳們到底是幹什麼的？鬼殺隊是什麼樣的團體啊？」

「呃……」

被老闆這麼問，小葵頓時說不出話。

由於鬼殺隊並非政府公認組織，這種時候總是特別難堪。

就算說鬼如何如何，別人也不會相信。所以撇除紫藤花家紋的人家，鬼殺隊的社會信用絕不算高。儘管為世人拚了命地與鬼搏鬥，現實卻是隊士連日輪刀都無法光明正大地帶在身上。

看見小葵不知該如何回應，老闆更是狐疑地看著小葵和加奈央。

「就憑女人能做什麼？之前來的人也是長得格外嬌豔動人……妳們該不會在做什麼見不得人的生意吧？」

「!!」

由於蝴蝶屋外出採買的人都是女性，對方才會往這方面瞎猜吧。

然而老闆下流的眼神令小葵不禁怒火中燒。

「我明白了，賒帳這件事就當我沒提過！再會!!」

客氣地這麼說完，小葵便拉著加奈央離開店裡。

不過她立刻就後悔了。

（……搞砸了。）

小葵伸手抱頭。就算現在回蝴蝶屋拿錢包，終究無法趕上店家的營業時間。

早知道就別那麼衝動，無論對方說什麼，自己都應該默默低頭才對。
可是連阿忍都被說成那樣，鬼殺隊也受到汙辱，這教人怎麼忍得下去。
（我是笨蛋……笨蛋笨蛋笨蛋！）
明明早已決定要向前邁進——免得糟蹋了那個人的好意。
自己卻任由情緒牽引，到頭來只是白忙一場，真是太丟臉了。
今天要買的東西——無論是藥材、醫療用酒精，還是用來當作繃帶的痲布，樣樣都不可或缺。
如果他們剛好在物資缺乏時回來呢？
如果他們受了連阿忍都處理不了的重傷呢？
如果因為我的關係，害他們有個什麼萬一……？
光是想像，雙腳就不像話地抖了起來。意識到自己的愚蠢後，眼前突然一黑。
「——對不起，加奈央。」
現在無暇為當時的事情道謝了。

垂頭喪氣的小葵再度對加奈央低下頭。

「因為怕鬼而出不了任務的當下，我就完全是個包袱了……可是我竟然連採買都做不好……——我真是太差勁了。」

說著說著，小葵都快哭了。她死命忍住淚水。喉嚨深處熱了起來，鼻腔內傳來陣陣酸楚。

「我……覺得自己好沒用……」

「…………」

「…………我再去求老闆一次，問他可不可以明天再付錢。」

小葵說完便轉過身。

加奈央卻朝小葵的頭頂伸出手，有點笨拙地撫摸著她的頭。

那不是少女應有的、既青春又柔軟的手。感受著她經過無數鍛鍊、表皮厚實的手——感受著那為了保護誰而一路奮戰至今的手，小葵止住了淚水。

「加奈央……」

聽到小葵困惑地呼喚自己的名字，少女露出淡淡的微笑牽起小葵的手。沒有先關心小葵要不要緊，加奈央便毫無預警地邁開步伐。

小葵對默默拉著自己的少女問道：

「要回蝴蝶屋嗎？」

「…………」

加奈央不置可否，什麼話也沒說。

「不過這邊不是回蝴蝶屋的方向——而且藥材還沒……」

小葵遲疑地轉頭看著逐漸遠去的藥材行，然而加奈央卻置若罔聞地兀自前進。

這女孩就是這種地方讓人搞不懂呢。小葵半是死心地嘆了口氣。

走了一會兒，加奈央突然停下腳步。

路上聚集了好多人。

「？這是什麼情況？」

小葵定睛觀察。酒舖前似乎正在舉辦什麼活動。

是某種表演嗎？

就在小葵不經意地這麼想時，附近一位衣著高雅的老婦人說：

「哎呀，好可愛的女孩啊。方便的話，不妨來看看吧。」

老婦人說完，便半強迫地扯著兩人的衣袖。

「不，我們——」

「仔細一看，妳們有點眼熟呢。別客氣，儘管看吧。點心組的賽況很激烈喔。」

事已至此，小葵只好從圍觀群眾的空隙間窺探店內，這才發現原來是幾位男女正在進行大胃王比賽。大吃大喝的活動是江戶時代盛行的大眾娛樂，不過最近幾乎已經看不到了。
四十五顆饅頭、七塊羊羹、七十個鶯餅、四條醃蘿蔔，到處傳來唸著令人難以置信的數字的聲音，小葵不禁懷疑自己是不是聽錯了。
坐鎮中央的相撲力士食欲尤其驚人，他瞬間解決一整塊羊羹後，又接二連三地吞下饅頭。這場面光看就讓人覺得反胃，然而小葵更在意加奈央的反應。
雖然沒聽加奈央本人說過，但她因為家境貧窮，被親生父母賣給了拉皮條的。是阿忍和已經過世的姊姊救了她，並把她培育成獵鬼人。
不知道她看了這個場面會作何感想。
「加奈央……？」
小葵戰戰兢兢地望向身旁的加奈央，只見少女依舊帶著毫無感情的表情，茫然地看著這場比賽。
既不是因為飢餓，也不是為了生存，純粹是為了娛樂而消耗大量食物。
看著少女觀戰的側臉，小葵莫名覺得煎熬難耐。
「走吧。」
這次換小葵拉起了加奈央的手。
看見小葵緊握著自己的手，加奈央露出好奇的表情，默默看著她。

當小葵打算就這樣帶著加奈央離開時——

人群間傳出慘叫聲。

「!?」

回頭一看，那位相撲力士已經倒地不起，饅頭掉出手裡，滾落地面。

「嗚…………嗚……嗚嗚……嗚…………」

年輕力士面如土色呻吟了一會兒，沒多久就翻起白眼失去意識，同時嘴裡溢出大量白沫。

圍觀群眾再度尖聲慘叫。

「怎、怎麼了？饅頭哽住了喉嚨嗎？」

「喂，快把他的嘴巴撬開！」

「要餵他喝水嗎？」

男人們七嘴八舌地討論起來。

他們看起來正準備採取錯誤的處置方式。

不行——這麼心想的瞬間，身體便動了起來。

「不好意思！不好意思……請讓我過去!!借過……！」

小葵硬是擠進人牆。

她跪到力士身旁，依序檢查過呼吸、脈搏、瞳孔、口腔，以及腹部的聲音。隨後，小葵的臉頓時失去血色。

（果然沒錯……這不是食物堵住喉嚨那麼簡單。）

說真的，情況非常危險。話雖如此，假使阿忍在場，總會有辦法處理吧。

然而如今在這裡的卻是自己。

自己能夠為他人的性命負責嗎？這個根本不敢面對鬼的自己……

（不過還是得做，不然這個人會——）

小葵咬緊嘴唇，回想著醫學書籍中關於這種情況的急救措施和處理步驟。做了個大大的深呼吸後，她對圍觀群眾說：

「這個人必須立刻急救，不然會有危險。需要有人就近找醫生過來!!」

附近的男人叫道：「瞭、瞭解！我去！」隨即拔腿跑了起來。

接著，小葵望向身旁的加奈央。

「加奈央，叫店裡的人準備我現在說的東西。」

小葵急切地列舉出最低限度的治療所需用具。才剛交代完，她又想到這樣加奈央無法行動。

「妳快擲硬幣——」

不過當她回頭時，卻看見加奈央跑進店裡的背影。

加奈央並未接到上司阿忍的命令，卻在沒有擲硬幣決定的情況下答應了小葵的請求。

「……——」

儘管感到困惑與激動，小葵仍然轉頭重新面對患者。

這時，圍觀群眾之中傳來吆喝聲，明顯不是什麼正經人物的年輕男性雙手揣在懷裡現身。

「這是怎樣？小姑娘。我可是在這個力士身上壓了不少錢啊。反正吐掉堵住喉嚨的東西之後又能繼續比吧？別危言聳聽妨礙比賽啊！」

男人出言恐嚇時，嘴裡滿是酒氣。

他大概跟朋友打了賭吧。不曉得是不是無法接受比賽突然中斷，他朝力士伸出了手。小葵感到火大，她用力拍掉那隻手。

「沒聽見我說的話嗎？這個人必須立刻急救，不然會有生命危險。」

「啊啊？」

「你干擾到治療了，請走開。」

「妳說什麼？這女人——」

男人變了臉色，試圖動手揪住小葵。

小葵迅速側身閃躲，抓著男人的手猛力一摔。

雖然是個不成材的隊士，小葵畢竟撐過了地獄般的修練。男人的這種水準根本不算什麼。

「我應該已經請你走開了。」

「……………這、這傢伙……」

「如果這樣你還不懂，再來我就要折斷你的手囉。」

小葵瞇起雙眼冷冷地說完，男人吞了口口水。

不曉得是不是威脅起了作用，男人不住地破口大罵，最後照例留下一句「給我記住!!」便離開了。圍觀群眾頓時興奮起來。

「麻煩各位保持安靜。」

這麼叮囑後，小葵幫力士的身體換個方向。

就在確保完呼吸道的暢通時，加奈央正好也帶著所有需要的東西跑了過來……

✵

「要是沒有這兩個女孩，這位相撲力士可能早就死了。」

——之後及時趕到的老醫生如此表示。還留在現場的圍觀群眾聞言歡呼四起，不時可以聽到有人說『太棒了』、『幹得好』。

「哎呀～妳們真是不簡單啊。」

剛才搭訕兩人的老婦人也在群眾之中。老婦人帶著神往的表情這麼說完後，轉身面對主辦活動的酒舖老闆，用力拍打了他圓滾滾的肩膀。

「喂，芳太郎。記得給這兩位小姐謝禮啊。萬一鬧出人命，可是會引起大騷動呢。要盡你最大的誠意喔。」

「我知道啦。真是拗不過佳代姨呢。這次真的很謝謝妳們。一點小意思，不成敬意……」

老婦人和老闆似乎認識。道謝的同時，老闆竟送上了一樽酒和一大袋米。

「還請兩位收下。」

「…………」

這些原本要送給優勝者的謝禮，根本不是『一點小意思』的量，也沒辦法簡單『收下』。不過好在本來就預計要買酒，而且米也能賣錢。想到這樣就能購買藥材和麻布，這點重量根本不算什麼。

兩人互相分擔著扛起禮物，不過加奈央顯得游刃有餘，小葵卻是步履蹣跚。

這次又是加奈央帶頭前進。

前進的方向同樣背離了蝴蝶屋。

她到底在想什麼呢？小葵狐疑地心想。

（對了……我還沒道謝。得跟加奈央說聲謝謝才行。）

這時，小葵猛然驚覺——

無論是音柱一事也好，剛才的事情也罷。

正因加奈央應小葵所託迅速採取行動，那位力士才能獲救。自己一個人實在是應付不來。

「——那、那個……我說加奈央啊。」

小葵朝扛著米袋的背影出聲呼喚。

「…………」

加奈央停下腳步回過頭。

「呃……那個。」

「…………」

加奈央直直地望向小葵的方向，等待她繼續說下去。

雖然知道自己非說不可。

但真要道謝時又覺得特別難為情。

就在小葵斟酌著適切的說法時，突然傳來震耳欲聾的怒吼聲。

「這個臭婊子，要殺就快殺啊!!」
「不用你說，我也會動手！這個不像樣的飯桶!!」

「!?」

小葵頓時渾身一僵。
接著傳來物體碎裂的聲響，還聽得見小孩的哭聲。
「什、什麼？發生什麼事？」「…………」
就在小葵四下張望時，加奈央倏地朝空中伸出手，指向裱褙店後巷的房子。
聲音從那兒傳來，加奈央大概是這個意思吧。
走進狹窄的巷弄，可以看見橫寬約九尺的大雜院，也就是所謂的※棟割長屋。其中一扇紙拉門開了一半，屋外散落著破碎的飯碗和茶杯。小葵吞了口口水。（編註：一種日本的傳統集合住宅。）
「——不好意思，打擾了。你們還好嗎？」
開口詢問的同時，一位身材高瘦的男性跌跌撞撞地飛奔而出，揹著嬰兒的女性也追了出來。

看到女性手裡握著的東西，小葵大吃一驚。

女性拿的是微微反光的厚刃菜刀。

昏暗的屋內傳來孩子們的哭聲。

「我再也忍不下去了……今天我一定要用這把刀宰了你這個爛貨！」

「敢殺就殺啊！死肥婆!!」

「你說什麼!?再說一遍試試看!!」

「好啊！說多少次都行!!妳這頭大豬公!!」

聽了丈夫的謾罵，女性怒不可遏地伸出粗壯的手臂，抓起男性的衣襟。當男性忍不住放聲哀號時，呆立在原地的小葵這才回過神。

「請妳住手!!他真的會死喔!?」

「別阻止我!!這跟妳無關吧!?」

雖然女性怒目瞪視小葵，但她並沒有因此退縮。

把兩人分開後，小葵問道：「妳到底在氣什麼呢？」

「這個廢物把賺來的錢全拿去喝酒賭博了!!米箱都空了！存款也沒了！再這樣下去，我們一家子很快就會餓死了!!」

滔滔不絕地一口氣說完後，妻子便放開丈夫，蹲在地上哭了起來。

她乾裂的嘴唇裡發出嗚喔喔的聲音，簡直就像野獸的咆哮。

「……美、美津。」丈夫也不禁露出擔心妻子的表情。

「對……對不起，原諒我，是我不好。」

丈夫下跪磕頭。

這時，男孩牽著小女孩的手走出長屋。兩人的年紀大概是七歲和五歲。

女孩哭個不停，哥哥則是忍著淚水，拚命安慰母親。

「媽媽，別哭，我會努力工作的!!」

男孩意志堅定的溫柔神情，與某位隊士重疊了。

「所以妳別哭！我長大後一定會拚命工作，變成了不起的人，讓媽媽和大家都能享福!!」

聽了男孩值得嘉許的發言，小葵悄悄向加奈央使了個眼色。

然而加奈央毫無所覺，逕自瞇起雙眼看著哭成一團的一家子。那眼神彷彿正看著某種遙不可及——再也無法擁有的東西。

「加奈央。」

小葵輕聲呼喚。提到白米兩個字，加奈央這才總算明白小葵的意圖。她輕輕點頭，重重放下扛著的米袋。

「不介意的話，請拿去吃吧。」

聽到小葵這麼說，夫妻倆驚訝地抬起頭。

「有這些米應該還能撐上一陣子。而且米也可以賣錢。」

「!?真的嗎？小姐——妳是說真的嗎!?」

「可是我們不能平白無故……」

「請答應我，賣掉白米掙得的錢，絕不能用來喝酒賭博。」

「是、是!!那當然！！！」

丈夫擺出跪拜的姿勢，一口應允。

「我會改過自新，重新出發!!絕不再讓老婆小孩受苦!!」

「————那我們告辭了。」

小葵點點頭，隨即轉過身子。

正準備離開巷子時——

「妳我素昧平生，為什麼要替我們做這麼多呢……？」

妻子出聲問道。

小葵有點遲疑，因為她不知道該如何回答。

她只是想幫助體恤父母的男孩，以及即便深陷貧困，也從未想過要賣掉孩子，反倒選擇全家一起餓死的母親。

就只是這麼單純……

不過要說『伸出援手』好像又不太對。總覺得這種說法非常傲慢。

結果小葵什麼也沒說，就這樣走出了後巷。

這時——

「大姊姊，等一下——!!」

男孩牽著妹妹的手追了過來。

「謝謝……謝謝妳們!!」

男孩深深地低頭行禮，妹妹也效法哥哥低下頭。

「這是爸爸在賣的東西——」

在懷裡摸索一陣後，男孩掏出一枝風車，似乎是想送給兩人作為謝禮。不過小葵遲疑了一下，不知道該不該收下風車。

考慮到他們家的狀況，這東西的價值可不只是一枝風車，畢竟賣掉了還可以換錢。

然而就在小葵猶豫不決時，加奈央從少年手中接過了風車。

她並沒有扔擲硬幣，可是動作卻極其自然、毫無遲疑。

加奈央小聲地說：

「——謝謝你。」

男孩聞言笑得非常燦爛。

那是由衷感到開心的笑容。

「…………」

當小葵深受感動時，男孩又牽著妹妹的手連聲道謝，隨即回到父母身邊。

留在原地的小葵望向加奈央，她朝著手裡的風車吹了口氣，紅色風車便轉個不停。

「……——為什麼？」

小葵問道。

為什麼妳能坦然收下呢？

為什麼妳沒有扔擲硬幣呢……？

加奈央看著轉動的風車好一會兒，不久才呢喃著說：

「因為……這是那孩子最大的誠意了。」

「!!」

「不收下的話，那孩子會受傷的……」

「…………」

小葵目瞪口呆地看著加奈央。

她覺得心裡慜得發慌，什麼話也說不出口。

同時也對蠢得無可救藥的自己感到羞恥。

她認為幫助是種傲慢的說法，一時猶豫著不知道該不該收下男孩的禮物。

自己的心裡一定很同情他們貧困的境遇吧。

不過假使不收下少年的禮物，自己的行為就徹底變成了『施捨』。男孩不樂於接受『施捨』。

正因為明白這點，加奈央才毫不遲疑地收下了禮物。

（相較之下，我——）

根本是個不上不下的偽君子。

當小葵垂頭喪氣地深陷於自我厭惡時，加奈央比手畫腳地催促她趕緊動身。

小葵悄悄跟在加奈央身後。

雖然這條路不是回蝴蝶屋的方向，但已經無所謂了。

尾隨加奈央走了一會兒，眼前便出現了紅色陽傘。

是茶館，小葵呆愣地心想。

加奈央在茶館前探頭張望，似乎是在找人。她叫住貌似茶館老闆的老人，小聲地問了什麼問題。

「甘露寺？啊啊，妳說蜜璃啊。她今天沒來呢。」

聽到這個回答，加奈央顯得非常失望。

（蜜璃……？）

是指跟阿忍私交甚篤的戀柱・甘露寺蜜璃吧。

這麼說來，蜜璃經常光顧的茶館好像就在這附近，聽說那家店的三色糰子美味極了。

（為什麼加奈央要找戀柱大人呢……？難道是阿忍大人有事託她轉告嗎？）

所以才會一離開藥材行就直奔這裡嗎——？

不過如果真的有事要辦，應該也會知會小葵一聲才對。

想到這裡——

（啊……——）

小葵摀住嘴角。

只有一種可能了。

「妳該不會是想跟戀柱大人借錢吧？」

「…………」

猶豫了一會兒後，加奈央輕聲回應：

「嗯。因為小葵很為難。」

「…………」

「本以為這是個好方法——可惜完全幫不上忙。」

「…………」

溫熱的水珠滑過小葵的臉頰。

先前死命忍住的淚水稀哩嘩啦地流個不停。

加奈央驚慌失措地看著小葵，不久後才戰戰兢兢地將手搭上小葵的肩膀。

「…………謝謝妳。」

小葵以嘶啞的嗓音低聲說完，心情突然變得舒暢多了。

「今天一整天妳幫了我那麼多……差點被音柱大人帶走時……妳也緊握著我的手不放。」

小葵道完謝後，加奈央露出困窘的表情，有些害臊地低下頭。

終於說出口了。

正當小葵這麼心想時，加奈央呢喃說道：

「如果只有我一個人……無論是那位力士倒下的時候，還是那對夫妻吵架的時候，我肯定會不知所措。」

「加奈央……」

小葵再度眼泛淚光。

「從什麼時候開始……妳不擲硬幣也能做出決定了呢？」

聽到小葵這麼問，加奈央陷入了沉默。

「炭治郎他——」

不久後，她才提到一個意想不到的名字。

「他要我照自己內心所想的而活，還為我加油打氣……所以……」

（——啊啊……原來如此。）

加奈央白皙的臉頰染上紅暈，看見她的這副模樣，小葵完全可以理解。

如同幫助小葵擺脫根深蒂固的自卑感與罪惡感，那句話也改變了加奈央。

那個太陽般的少年，用一句話把宛若人偶的少女變成人類——

所以加奈央現在才能展露出如此安詳柔和的表情吧。

「…………」

小葵百感交集地看著加奈央。

湧現於心頭的溫情令人幾欲流淚，不過得知少年並非獨厚自己時，也萌生了淡淡的失落感。不過，小葵也認定彼此享有共通的感受，於是自顧自地開心不已。各式各樣的心情互相交織——

儘管一直以來都生活在一起，少女還是給人一種遙不可及的感覺，然而如今小葵卻覺得彼此非常貼近。

加奈央就在身邊。

當小葵默默看著少女紅通通的臉頰時——

「——來，吃吧。」

上了年紀的老闆端了茶和三色糰子過來。

老闆把托盤放在兩人身旁的長板凳上，便準備轉身離開。

「咦？不……我們沒有——」

小葵見狀立即坦承自己沒帶錢。

「不會跟妳們收錢啦。」

這麼說完，老人露出淡淡的苦笑。

「妳們是蜜璃的夥伴吧？是叫鬼殺隊來著嗎？」
「？呃……啊，是的。」
「我女兒被鬼襲擊時，是蜜璃出手救了她。蜜璃可是我女兒的救命恩人呢。」
「…………」
「這份差事想必也不好做，妳們要加油啊。不過千萬別亂來喔？」
老闆說完便回到了茶館。
「……——」
小葵交互看著老人佝僂的背影以及散發蒸氣的熱茶。
誠摯的關懷與溫柔的眼神，令心中湧現些許暖意——
如果是以前的話——
『那我更不能接受您的好意。畢竟我是上不了戰場的窩囊廢。』
小葵肯定會說出這種妄自菲薄的話吧。
不過她現在已經不這麼想了。
身為鬼殺隊的一員，知道有人對鬼殺隊充滿認同與感謝，她感到非常開心。
小葵輕輕吸了吸鼻子說：
「我們就懷著感恩的心開動吧，加奈央。」

她對加奈央笑了笑，加奈央也微笑著點了點頭。

戀柱盛讚的三色糰子十分可口，還帶著些許鹹味……

✿

離開茶館時，西邊的天空早已染紅。

小葵和加奈央相偕走在天色漸黑的城鎮中。

腳下延伸出兩道細長的人影。

回蝴蝶屋後先為沒能買到藥材一事道歉，明天一早再立刻出門去買吧。小葵在打道回府的途中這麼心想。

來到鎮外時，兩人背後突然傳來某人追趕的聲音。

「喂……妳們等一下啊！對，就是妳們!!等等我!!」

「？」

回過頭去，眼前是藥材行老闆那張有如乾癟茄子的臉。

「哈啊哈啊……啊啊，太好了。」

他提起肩膀不住喘息。

「？有什麼事嗎？」

等待老闆緩口氣的同時，小葵開口問道。

老闆聞言露出了尷尬的笑容。

「白天那時候真的很不好意思。」

老闆遞出了一個布包，裡頭裝著小葵原本想買的藥材。

「錢什麼時候給都行。」

「咦？可是……」

看見老闆突然改變主意，小葵不禁蹙起眉頭，加奈央也好奇地看著老闆。

兩人都不曉得這吹的是什麼風。或許是臉上的疑惑大於喜色——老闆難為情地聳了聳肩。

「其實啊——」

他壓低了聲音，好像很怕別人聽見——

「所以在大胃王比賽遇到的老婦人，就是藥材行老闆的母親嗎？」

「是的。」

聽小葵交代完今天發生的事情後，阿忍好奇地問道。

小葵頷首稱是。

「原來還有這種事情啊。」

阿忍感嘆地點了點頭。

藥材行的老婦人似乎曾在店裡見過阿忍、加奈央和小葵好幾次。雖然西服已經沒那麼稀奇了，但鬼殺隊的隊服獨具特色，想必讓她留下了很深的印象吧。

老婦人回到店裡才想起這件事，剛好兒子又提起白天發生的狀況，老婦人聽了頓時激動起來。

『竟然讓那些好女孩空手而回，你眼睛是脫窗了嗎!?做生意不能一味地追求利益！我不是

教過你好多次了嗎!?快去找她們!!這個笨兒子!』

母親一聲令下，老闆立刻奪門而出。

「而且老闆還幫忙向認識的棉布批發商說情，讓我們可以先賒帳呢。」

「哎呀呀，看來他很怕母親呢。」

阿忍笑著這麼說完，便誇獎了小葵一番。

「做得好，小葵。」

小葵奮力搖頭，渾身冷汗直流。

「不、不敢當！說穿了，都怪我沒帶錢包出門……多虧有加奈央，問題才有辦法順利地迎刃而解——」

「加奈央也說了同樣的話喔。」

「咦……？」

「想說的話都說了嗎？」

「!?」

小葵驚訝地抬起頭，只見阿忍放緩了眼梢。

「——看樣子應該是說出口了。」

「……阿忍大人。」

「煩惱是鍛鍊心智、讓自己堅強起來的必經之路，絕非毫無意義——不過這點千萬別忘了：小葵、加奈央、千代、須美還有菜穗，妳們都是我最重要的部下，也是我最寶貝的家人。」

「……——」

面對上司美麗的笑容，小葵當場雙手伏地，深深低下了頭。

說不定阿忍早已發現小葵對加奈央懷著複雜的思緒，才會單獨派她們外出採買。

各種情感湧上心頭，令小葵激動不已。

有好一會兒，她都沒有抬起頭……

離開阿忍的房間時，天已經完全黑了。

淡淡的月光經由紙糊的格子窗透射進來。

得把買來的藥材收到架上，再裁好麻布做成繃帶……對了，隊士用的睡衣寢具也先準備好

吧。

這樣一來，善逸、伊之助、禰豆子還有炭治郎——這些賭命對抗惡鬼的隊士，隨時都能回來養傷了。

（我也是鬼殺隊的隊員啊。）

小葵用力握緊了拳頭。

沒想到自己竟然會這麼想。從遴選中倖存後，自己或許是第一次心生如此暢快的感受。

未來自己能否挺起胸膛活下去，不再為僥倖逃過一死而感到內疚呢？

我能喜歡上最真實的自己嗎……？

一定沒問題的，有個聲音這麼告訴小葵。那是誰的聲音呢——好像是炭治郎，也好像是阿忍，又像是加奈央。

發現加奈央自然而然地名列其中時，小葵不禁露出淡淡的微笑。

「小葵——正在養傷的隊士問了關於固定繃帶的問題，該怎麼辦啊～!?」

拿不定主意的菜穗出聲求救。

小葵換上嚴肅的表情應道：「我馬上過去。」隨即直驅病房。

第5話
中高一貫☆
鬼滅學園
物語!!

中高一貫鬼滅學園。
鬼滅町的居民深愛著這所極其平凡的學校。
那並非優秀的升學學校，也不是流氓學校。
不過有一點倒是異於尋常。
不知道為什麼，學校裡盡是問題人物。

✱

「你不想幹風紀股長了？」
「……啊啊。」
午休時間在校舍後方對友人坦承最真切的想法後，善逸無精打采地點了點頭。
他今天早上為了這所問題學校的服儀檢查耗盡了全力。

被野狼——不對，被野豬扶養長大而轟動媒體的少年‧嘴平伊之助（襯衫釦子全開&打赤腳&除了便當什麼都沒帶）、排球社社長‧朱紗丸（隨身攜帶鐵球）、最強辣妹‧小梅（討厭醜八怪&改造制服，而且十分性感）與哥哥（超級妹控&打架亂強一把的）等等，由於他們種種不合理的對待，善逸的身心早已不堪負荷。

「我受夠了……原本我就不想當風紀股長，只是決定股長人選那天剛好請假而已……」

善逸吸了吸鼻子。

「這間學校的風紀股長對我來說還是太勉強了……」

「我倒是認為善逸很適合當風紀股長喔。」

炭治郎垮下眉梢，為善逸加油打氣。

「因為你很溫柔嘛。瞧，就連我爸遺留下來的耳飾，也是多虧有善逸在才沒被抓呢——」

然而善逸卻惡狠狠地瞪著心地善良的友人。

「那你來做啊!?你替我當風紀股長啊!!」

「嗯——……可是我早上要幫忙家裡的工作……」

炭治郎家是熱門麵包店，每天早上都要烤大約一千個麵包。不過他喜歡米飯更甚麵包，沒什麼人知道他每天早上都吃純日式的早餐。

說句題外話，他的妹妹‧竈門禰豆子是個超級美少女，嘴裡還老是啣著一條法國麵包。因為這個緣故，大家私下都說：

『如果在轉角撞著了竈門，就能實現少女漫畫中「和咬著麵包的少女在轉角巧遇」的場面了……！』

可惜至今仍未有人達成夢想。

這都是因為某人（單方面地）深深迷戀著她，無論上、下學都躲在電線杆後面監視的關係。只要事情牽扯到竈門禰豆子，平常沒用的他總能發揮惡鬼般強大的實力。

「不然你好歹也幫我一把，讓我可以順利辭去風紀股長一職嘛!?」

「直接跟富岡老師說不行嗎？」

面對炭治郎單純的疑問，善逸露出了無比嫌惡的表情。

「那個人怎麼可能會輕易答應！每次我想請辭，他都會故意刁難，還用『沒乖乖把頭髮染黑』的名義痛扁我一頓呢!?那個人到底是怎樣啊？」

在風紀股長會擔任顧問的體育老師・富岡義勇總是繃著一張臉，而且動手比動嘴快，所以除了炭治郎等極少數人以外，大部分學生都很怕他。

ＰＴＡ為了處理他的問題，不曉得召開過多少次大會，如今早已徹底變成家長富岡聯會，而不是家長教師聯會了。

不過他本人倒是神經很大條，沒什麼被開除的危機意識。

據說他其實是個好人，甚至收留了下雨天撿到的幼貓，不過尚未證實傳聞的真偽，無助於提升他的形象。

「可是也不能不知會富岡老師一聲……」

「所、以、說，你要我講幾次啊!!」

善逸不耐地扯開嗓門。

「我已經提過好幾次了，但那個人根本沒在聽別人說話!!每次講到這件事情，他就揍人!!就算只是想開口也會被打！那個人到底是怎樣!?為什麼那種人可以當老師啊!?富嗯嗯嗯。」

「善逸!?」

最後善逸連提到富岡的名字都感到作嘔，這根本是對富岡過敏了。

沒想到自己的心理陰影竟然這麼深，善逸頓時錯愕不已。炭治郎見狀似乎也明白情況的嚴重性，他點頭說：

「──我知道了。不然這樣如何？善逸。趁富岡老師心情好的時候去說吧。我也會陪你一塊兒去。」

「心情好的時候？有這種時候嗎？」

是發薪日嗎？

還是每個月月底的※快樂星期五？（譯註：日本政府為了促進消費而提倡的新制度。每月月底的星期五，員工可提前於下午三點下班，方便安排旅行或聚餐，業者也會配合推出優惠。）

又或者是約會那天？（是說他有對象嗎？）

善逸怎麼樣都無法想像富岡心情好的模樣。不，是不願想像。

「鮭魚燉蘿蔔。」

當他被腦中的畫面嚇得不住發抖時，炭治郎斬釘截鐵地說道。

「啊？」

「富岡老師喜歡吃鮭魚燉蘿蔔。」

「什麼意思？為什麼你會知道這種事情啊？嚇死人了。」

「其實我進這所學校之前，義勇先生──富岡老師就常來我家光顧了。」

因此炭治郎偶爾會聽到老顧客們聊天。根據某個可靠的消息來源──

「聽說只有在吃鮭魚燉蘿蔔時，富岡老師才會稍微露出笑容。」

「好噁!!什麼啊!?那個人會笑嗎!?」

「……聽好了，善逸。」

炭治郎耐著性子對抖得厲害的善逸說：「富岡老師每天都會吃學生餐廳的當日魚特餐。而且今天的主菜是──」

「該不會……」

這時善逸終於認真起來，正經八百地注視著炭治郎。友人重重地點了點頭。

「就是鮭魚燉蘿蔔。」

「！炭治郎啊啊啊啊啊啊！！！！」

善逸感動得涕淚縱橫，緊緊抱住了一臉得意的炭治郎。

「不愧是我的摯友!!」

「很痛耶，善逸。」

「既然都決定了，那就趕快去學生餐廳吧！」

善逸催促著友人……

意氣風發地來到學生餐廳時，富岡正獨自坐在靠窗的位子，他面前的托盤擺著當日魚特餐。

兩人剛好站在富岡的斜後方，看不清楚他的臉，不過想必他一定露出了前所未見的幸福表情吧。

炭治郎默默點了點頭，善逸也頷首回應。

善逸走到富岡身邊，強忍著吐意呼喚他的名字。

「富岡老師！我有話要說!!」

富岡聞言回過頭。

「我妻……」

「我不想再當風紀——」

「你什麼時候才要把頭髮染黑啊!!」

善逸還沒說完，一記迅疾無比的右直拳就命中了他的臉頰。

這拳絲毫感受不到享用鮭魚燉蘿蔔的幸福感。不僅如此，富岡的臉上甚至散發出怨念。

「這樣的風紀股長沒辦法當大家的榜樣，馬上給我染黑。」

「…………」

冷酷的教師這麼說完，善逸無言以對、當場崩潰。

（怎、怎麼會……為什麼…………他吃到鮭魚燉蘿蔔的時候不是會笑嗎……？）

善逸神智不清地問著自己。

眼前可見急忙跑來的友人，以及富岡用餐的托盤。

不過波浪花紋的瓷碗裡並非盛著鮭魚燉蘿蔔——

（竟……竟然是鰤魚燉蘿蔔…………）

哪有這樣的啦？在心中留下對友人的怨恨後，善逸便失去了意識……

✱

「真的很抱歉!!善逸。一切都怪我不好！」

「……不……這也沒辦法啊。」

放學後，炭治郎前往保健室接善逸。看到炭治郎深深地低頭致歉，善逸躺在床上無力地搖了搖頭。

「就算鮭魚突然換成了鰤魚，那也不是你的錯……要怪就怪我自己運氣太差……啊哈哈哈哈。」

「善逸……」

看見善逸露出遙望遠方的眼神看著窗外，友人於心不忍地蹙起眉頭。

炭治郎刻意擺出開朗的表情說：

「我說善逸啊，之後我想了一下。」

「嗯？」

「要不要找富岡老師以外的老師談談看？」

「你說找富……嗚——找那個人以外的老師商量？」

險些吐出來的善逸連忙換個說法。

「例如？」

「嗯——」

炭治郎左思右想。

「美術課的宇髓老師？」
「不行!!絕對不能找輩老師!!我超討厭那個人的!!」
「不然找音樂課的響凱老師。」
「響凱老師不是一見到你就會覺得不舒服嗎!?」
「？」
其實炭治郎是個超乎想像的音痴，本人卻渾然不覺。所以聽善逸這麼一說，炭治郎便疑惑地歪著頭，再度沉吟苦思。不久後，炭治郎突然表情一亮。
「對了！找煉獄老師！」
「！就這麼辦!!」
善逸大叫著跳下保健室的床。
「煉獄老師也很有個性，一點都不輸給富——不輸給那個人！而且人又很好!!」
煉獄杏壽郎是個熱心教學的歷史老師，對於歷史和學生都懷著滿滿的愛。雖然不太聽別人說話，卻很受學生歡迎，在鬼滅學園最喜歡的老師排行榜上穩居冠軍寶座。
甚至有瘋狂支持者說：『他時常捲起襯衫的袖子，露出肌肉結實的手臂，讓人看了心癢癢呢。』『好想當老師的領帶夾喔。』『希望他一直都是那麼厲害、那麼年輕……』
由於形象正直清新，據說有一大堆人幫忙說媒，害他費了好大的工夫回絕。
「不過，煉獄老師這個時候會在哪裡呢？」

「應該在教職員室吧？」

「——煉獄老師在圖書室喔。」

「!?」

聽到鄰床突然傳來聲音，善逸嚇得當場跳了起來。

隔開床位的布簾有道小縫，從中可以看見男學生不悅的臉。

「啊……你、你好。」善逸惶恐地低頭致意。

「對不起，我們太吵了。」炭治郎認真道歉，可是男學生仍舊是一臉不爽的表情。

「既然知道自己很吵，那就趕快出去。我最討厭別人打擾我躺在有珠世老師在的保健室，並且隔著布簾細細傾聽珠世老師工作的聲音了！」

男學生恨恨地說完，猛力拉上了布簾。

緊接著另一側的布簾被拉開，校醫珠世老師探出了頭。

「——哎呀，我妻同學，你醒啦。真是太好了。」

「是、是，託您的福。」

「雖然臉色不差，但還不能勉強自己，再躺三十分鐘吧。」

珠世露出溫柔慈愛的微笑。

剎那間，白色布簾後方傳來彷彿訴說著『快滾』的怨念。

「已、已經不要緊了，我要回去了！」

「謝謝您!!」

感受到那股近乎殺意的氣息，兩人連忙道謝，逃也似地衝出保健室。

那肯定是『保健室之主・愈史郎』。

聽說他待在保健室的時間遠比待在教室要長，對於敢接近保健室的人，哪怕是重症患者也絕不饒恕。

誰也不曉得他今年幾歲，念幾年幾班，甚至沒有人知道他究竟是不是鬼滅學園的學生……

✵

當兩人來到圖書室前，剛才提到的老師正準備離開。

「煉獄老師——」

「喔喔，怎麼！找我有事嗎！少年們！」

歷史老師面露討喜的爽朗笑容答說道。

他的懷裡抱著『目標！便當男子』、『365天超美味便當』、『孩子最愛吃便當♥』等書，書名實在令人難以吐嘈。

「…………（快說啊！）」

「…………（不，應該是善逸問吧？）」

善逸和炭治郎默默地互相推託。

不過煉獄並沒有注意到兩人微妙的表情。他絕不是個遲鈍的人，但他不擅於處理瑣事，也不懂得察言觀色。

迫於無奈，炭治郎只好開口了：

「——那個，沒記錯的話，老師應該是住家裡吧？請問……您結婚了嗎？」

「啊啊！我跟父母和弟弟一塊兒住！還沒結婚！怎麼了嗎！竈門少年！」

「……您自己做便當嗎？」

「啊啊，你說這個啊。」總算意會過來的煉獄咧嘴一笑，露出潔白的牙齒。

「最近家母工作很忙。」

所以我想代替母親幫弟弟準備便當——煉獄如是說道。

「雖然手藝可能不及家母，但我想煮些千壽郎愛吃的東西。」

真相沒什麼大不了，聽了反而讓人心生好感，跟每次開口就令人反感的富岡大不相同。

「怎麼？你們也想嘗試下廚嗎？方便的話，等會兒就來我家吧！」

「不、不是的，我們是想找老師商量啦——」

面對教師爽快的邀約，炭治郎連忙應道。
「對吧？善逸。」
「啊、啊啊——沒錯。其實是關於富岡老師的事情……」
「富岡？你說我的同事富岡義勇嗎!?」
「是的。其實我想辭去風紀股長一職，可是富岡老師完全不聽別人說話……」
善逸說起先前在學生餐廳發生的事情。
「唔。」
帶著糾結不已的表情聽完後，煉獄愉快地發表感想。
「鮭魚燉蘿蔔也不錯呢！魚和蔬菜的搭配對身體很好，而且蘿蔔正值產季。時鮮有益健康!!營養價值極高呢！」
「咦？」
「那、那個……」
「你們先跟我去趟超市再回我家。不，蘿蔔和鮭魚最好還是分別去果菜行和魚舖買!!」
「所以說，我們沒有要——」
「別客氣，我可以借你們圍裙!!」
「不是啦。」
「老師，鮭魚燉蘿蔔不適合放進便當吧？要是沒有好好隔開，白飯會變得濕濕黏黏的

ムムム
※唔唔唔
ホカ ホカ
※熱騰騰

喔。」

「!?不對，你也搞錯了啦!!」

「對了，還得煮飯才行！只吃主菜的話，營養會不夠均衡呢!!」

「煮炊飯如何？」

「這主意不錯！好!!再去一趟米行吧！」

「都說不是這樣了——」

「別那麼客氣嘛！教師可是肩負著和學生交流的重要使命呢！」

「所以說，我只是不想再當風紀股長了!!」

善逸慘遭比某教師更不聽別人說話的歷史老師，以及意外傻得可以的好友玩弄，就這樣平白浪費了放學後的時間……

✸

「沒想到……煉獄老師根本沒在聽別人說話。」

在鬼滅學園附近的小葵簡餐店，點了去油解膩的冰咖啡和甜食後，善逸便趴到了桌上。

本以為煉獄做什麼都很完美，結果煮飯竟然超難吃的。

加上他又不是故意一再失敗，教人也氣不起來。光是嚐個味道，整個味覺都變得不正常了。自己一度當真做好了一死的心理準備。

暫時不想再看到鮭魚和蘿蔔了。

「而且終於煮好以後，又被帶去老師的父親開設的劍道教室狂操……」

「好啦好啦，又沒關係。反正千壽郎和太老師也很開心啊。」

炭治郎擺出一副優等生的樣子安撫著善逸說道。後者充滿怨氣地瞪著友人。

「話說回來，我的煩惱怎麼辦!?根本沒解決啊!!」

「啊，還有這回事啊。抱歉，我忘了。」

果然忘了。

「明天早上又要面對地獄了……唉……好想逃走。好想逃到沒有富——沒有那個人的世界。」

冰咖啡和甜點端上桌後，善逸還是抱怨個不停。就在炭治郎安慰著他時，店裡的活招牌・神崎葵偕同學姊・胡蝶忍一起回來了。

「哎呀，炭治郎和善逸也來啦。」

「歡迎光臨。我這就幫兩位添茶。阿忍學姊也請坐，學姊吃鮮奶油白玉蜜紅豆可以嗎？」

「嗯。黑糖蜜多加一些喔。」

二年級的小葵加入了插花社，三年級的阿忍則是同時參加藥學研究社和西洋劍社。

兩人都長得眉清目秀，尤其阿忍更是不斷接到娛樂經紀公司邀約的美少女。而且除了長相可愛以外，她的成績也一直保持全學年第一名，還在西洋劍大賽獲得優勝，每年都輕鬆坐收鬼滅小姐的頭銜。

不過另一方面也傳出一些奇怪的風聲，像是她在藥學研究社製造無臭無味的危險藥物、不少教師在她面前抬不起頭、那個富岡可能也是其中之一等等……

極少數人私下幫她取了個綽號——毒姬。

不過善逸當然沒有把這些傳聞當真。

至於理由，只有那麼一個。

（這麼漂亮的人不可能是壞人吧……）

「怎麼啦？看你一副愁眉苦臉的樣子。不介意的話，要不要跟我聊聊？」

同桌的阿忍擔心地問道。

善逸頓時露出癡迷的表情。

這麼溫柔的人不可能做出那些恐怖的事情，一定是有人忌妒她的美貌和才能，所以故意散播謠言。絕對錯不了。

「其實——」

善逸毫不隱瞞地說出心裡的苦惱。阿忍感同身受地認真聽完後，開口說道：

「我想富岡老師應該是對善逸寄予厚望吧。」

「寄予厚望……？」

不熟悉的詞彙讓善逸蹙起了眉頭。

阿忍露出淡淡的微笑。

「因為富岡老師是那種人，所以經常遭人誤解或是被學生討厭。風紀股長也都做不久……不過善逸卻一直跟隨著富岡老師吧？我猜他的心裡一定很高興。」

「不，我也不想跟著他……」

只是名為暴力的項圈迫使他服從罷了。

「之前富岡老師曾自言自語地說『我妻做得很好』呢。」

「妳說……那個富岡老師嗎？」

善逸不可置信地看著阿忍。

不曉得是因為阿忍長得太漂亮，還是阿忍口中的富岡完美得宛如另一個人，善逸說出這個名字時並不覺得反胃。

「風紀股長這份工作真的非常辛苦，不過就是因為有善逸你們，這所學校才能維持和平。」

校園女神瞇起美麗的雙眼，然後輕輕將手疊在善逸的手上。

總覺得有股難以言喻的香味，好像是洗髮精，又像是香氛產品的氣味。

「加油喔，善逸。我永遠支持你喔。」

「是——！！！！！！！！！！！！！！！」

善逸緊握著阿忍的手，興奮得快噴鼻血了。

「一切都包在善逸我身上!!」

他信誓旦旦地說道。

（好幸福!!太幸福啦啊啊啊啊!!）

此刻的心情，簡直是爽翻天了。

這時，小葵送上新的茶水和鮮奶油白玉蜜紅豆。她以一臉無法形容的表情，看了阿忍和善逸一眼，小聲地說：

「……這麼說有點不太好……不過善逸已經是阿忍學姊這個月第十三位永遠支持的人了。所以勸你還是別太當真，這也是為了你好——」

善逸當然沒把她的話聽進去。

「太好了，善逸。善逸果然很適合當風紀股長呢。加油喔。」

炭治郎笑盈盈地說道，不過善逸同樣置若罔聞。

小葵無奈地嘆了口氣。

（好，等著瞧!!我一定會做出一番成績!!畢竟我是阿忍學姊永遠支持的男人啊!!）

本性單純的善逸——慷慨激昂地在心中立誓。

✵

「富岡老師!!」

隔天早上，一看到在校門前進行服儀檢查的富岡，善逸立刻笑容滿面地衝上前。

今天富岡仍舊穿著運動服，脖子掛著指導用的哨子，手握愛用的竹刀。

「老師!!這禮拜六我預約了髮廊！！！我要把頭髮染黑，加倍努力地投入風紀股長的工作！！！！今後也要麻煩您鞭策指導——」

善逸彷彿重獲新生，他目光炯炯地高聲宣告。

「吵死了！！！」

「!?」

沒想到富岡卻一拳打飛了他。

「不要在校內大呼小叫。」

「…………」

（什麼嘛，太不講理了吧…………）

善逸當場崩潰，連眼淚都流不出來。

到了午休時間——

「炭治郎——！！！我不想幹風紀股長了！！！！！我受夠了！！！因為富嗯嗯嗯嗯。」

「善逸……」

我妻善逸悲痛的叫聲不停迴盪。

順帶一提——

『因為我協助遏止了珍貴的人才流失，下個月起請增加我們社團使用體育館的次數。富岡

老師。』

事後有人看到忍帶著連蟲子都不敢殺的無害表情威脅——或者說拜託老師。聽到這個消息後，善逸在床上躺了整整三天三夜，不過這又是另一個故事了。

今天中高一貫鬼滅學園依舊和平（一人除外）。

後記

吾峠呼世晴

大家辛苦了。

前幾天試戴眼鏡的時候，
店員說稍微拉下來一點會比較有型，
於是我把眼鏡拉到了鼻頭，
結果店員苦笑著叫我適可而止。
我是吾峠。

各位看完小說之後還喜歡嗎？
第一次畫小說的插圖，
讓作者十分興奮雀躍。
希望愉悅的心情有助於提升免疫力，
從此不再感冒，
精力充沛地過著每一天。

後記

矢島綾

我喜歡『鬼滅之刃』。真的很喜歡。

喜歡到有點不知該如何是好。

真的喜歡得不得了。

所以有幸接到改編小說的工作時，

『呀——』我開心得在心中放聲尖叫。

（當然，叫得很難聽就是了。）

吾峠老師，在忙於週刊連載與動畫化的作業期間，

您還抽空仔細檢查原稿，繪製許多具有驚人破壞力的插畫，

以及只能用美妙形容的封面，

真的非常感謝您。

得知慈悟郎師父的大名時，

我感到無比幸福，不由得趴在電腦前。

我最喜歡老師描繪的世界了。
故事裡的角色們不屈服於種種荒謬的不合理，
即便不斷遭受挫折，依舊勇往直前。
我最喜歡全心付出努力的大家了……！
責編六鄉大人與中本大人，
出道以來一直拉拔我的j-BOOKS編輯部成員們，
JUMP責編高野大人，
負責校對的NART塩谷大人，
參與本書的製作以及提供各種協助的許多朋友，
——還有購買本書的各位，
在此由衷地致上感謝。
讓我們一起期待※四月開播的動畫，
同時欣賞漸入高潮的本篇吧！
（編註：動畫已播映完畢。）

SHINE NOVELS 炫小說

日本集英社正式授權繁體中文版

鬼滅之刃 幸福之花

原著名：鬼滅の刃 しあわせの花

作者：吾峠呼世晴　矢島綾

譯者：黃健育

【發 行 人】范萬楠

【出　　版】東立出版社有限公司

台北市承德路二段81號10樓　TEL：(02) 2558-7277

【劃撥帳號】1085042-7

【戶　　名】東立出版社有限公司

【劃撥專線】02-2558-7277　總機0

【美術總監】林雲連

【文字編輯】黃如雁

【美術編輯】王　琦

【印　　刷】勁達印刷廠

【裝　　訂】台興印刷裝訂股份有限公司

【版　　次】2019年12月24日第一刷發行